LA

ROSE ET L'ANNEAU

PARIS. — IMPRIMERIE ÉMILE MARTINET RUE MIGNON, 2.

M. A. TITMARSH

LA
ROSE ET L'ANNEAU

TRADUCTION

DE

Mᴸᴸᴱ MÉLANIE TALANDIER

ILLUSTRATIONS

DE V.-A. POIRSON

PARIS

LIBRAIRIE CH. DELAGRAVE

15, RUE SOUFFLOT, 15

1882

INTRODUCTION

Il est arrivé au soussigné de passer les vacances de Noël dans une
ville étrangère où se trouvaient beaucoup d'enfants anglais.

Dans cette ville, si vous aviez envie de donner une soirée d'enfants,
vous ne pouviez même pas vous procurer une lanterne magique ou
acheter les personnages du jour des Rois — (ces amusantes images
coloriées, représentant le Roi, la Reine, l'Amoureux, la Dame, le
Dandy, le Capitaine, etc., etc.) — qui font l'amusement des enfants
durant ces jours de fête.

Mon amie, mademoiselle Bunch, qui était institutrice dans une
nombreuse famille, demeurant à l'étage fashionnable de la maison
habitée par moi et par mes jeunes élèves (c'était le Palazzo Ponia-
towski à Rome, et messieurs Spillmann, deux des meilleurs pâtissiers
de la chrétienté, ont leur magasin au rez-de-chaussée) ; Miss Bunch,
dis-je, me pria de dessiner une série de gravures des Rois pour le divertissement de nos jeunes gens.

C'est une dame qui a beaucoup d'imagination et d'idées comiques,
et, lorsqu'elle eut vu les gravures, nous composâmes une histoire qui

fut racontée aux enfants le soir et qui nous servit de pantomime du coin du feu.

Notre auditoire juvénile s'amusa beaucoup des aventures de Guiglio et de Bulbo, de Rosalba et d'Angélica. Je dois à la vérité de dire que le sort du portier causa une grande sensation et que le courroux de la comtesse Grouffanoff provoqua un plaisir extrême.

Si ces enfants s'amusent de ce conte, pensai-je, pourquoi d'autres ne s'en amuseraient-il pas aussi? Dans quelques jours, les jeunes amis du Dr Birch se trouveront de nouveau réunis à Rodwell Regis, où ils apprendront tout ce qui est utile, et continueront le travail de leur enfance sous les yeux de maîtres attentifs.

Mais, dans l'intervalle, et pendant ces courtes vacances, rions et amusons-nous autant que nous le pourrons, et vous-mêmes, gens sérieux — un peu de plaisanterie, de danse et de folie ne vous fera pas de mal. L'auteur vous souhaite donc une joyeuse Noël et vous invite à la Pantomime du Coin du Feu.

NOTE DE L'ÉDITEUR

On sait que Titmarsh est un nom de plume donné par Thackeray à un de ses personnages de roman. Ici Titmarsh cache Thackeray lui-même, et la *Rose et l'Anneau* est due au célèbre auteur de la *Foire aux Vanités*.

LA ROSE ET L'ANNEAU

CHAPITRE I

OU L'ON ASSISTE AU DÉJEUNER DE LA FAMILLE ROYALE

Ceci vous représente Valoroso XXIV, roi de Paphlagonie, assis, avec la reine, son épouse, et leur fille unique, à leur royale table, dans leur royale salle à manger, et recevant la lettre qui annonce à Sa Majesté une visite que le prince Bulbo, héritier de Padella, roi régnant de

Crim-Tartarie, se propose de lui faire. La joie se peint sur les traits royaux du monarque. Il est tellement absorbé par la lecture de la missive du roi de Crim-Tartarie, qu'il laisse refroidir ses œufs et qu'il ne touche pas à ses augustes *muffins*.

— Quoi! ce brave, ce charmant, ce délicieux prince Bulbo! s'écria la princesse Angélica ; si beau, si accompli, si spirituel, le vainqueur de Rimbobamento, où il tua dix mille géants, vient nous voir!

— Qui vous a parlé de lui, ma chère? demanda Sa Majesté.

— Un petit oiseau, dit Angélica.

— Pauvre Guiglio! dit la maman en versant le thé.

— Assommant Guiglio! s'écria Angélica, en secouant sa tête chargée de mille papillotes bruissantes.

— Je voudrais, grommela le roi, — je voudrais que Guiglio allât...

— Allât mieux? Oui, mon ami, il va mieux, dit la reine : la petite femme de chambre d'Angélica me l'a dit, en venant dans mon appartement m'apporter mon premier thé.

— Vous êtes toujours à boire du thé, s'écria le monarque d'un ton bourru.

— Cela ne vaut-il pas mieux que d'être toujours à boire du vin de Porto ou du grog? répliqua la reine.

— Que Guiglio aille se faire...

— Oh! monsieur! s'écria Sa Majesté, votre propre neveu! le fils unique de notre feu roi.

— Que Guiglio... aille chez le tailleur, et fasse envoyer la note à Gloumboso, qui la payera. Que le ciel le confonde! Je veux dire que Dieu bénisse son cher cœur! Il ne doit avoir besoin de rien ; donnez-lui cependant quelques guinées comme argent de poche, ma chère, et vous, commandez de nouveaux bracelets en même temps que le collier, madame Valoroso.

Sa Majesté ou *madame Valoroso*, comme le monarque l'appelait facétieusement, car la royauté elle-même se plaît quelquefois à se dérider, madame Valoroso donc embrassa son mari, et, passant son bras autour de la taille de sa fille, elles quittèrent toutes deux la salle à manger, afin de tout préparer pour l'arrivée du prince étranger.

Quand elles furent parties, le sourire qui avait illuminé la face du *mari* et du *père* s'évanouit, la fierté du *roi* s'évanouit : *l'homme* seul resta. Si j'avais la plume de nos grands écrivains, je vous décrirais les tourments de Valoroso dans les termes les plus choisis ; je vous dé-

S. M. LE ROI VALOROSO XXIV

peindrais aussi ses yeux étincelants, ses narines dilatées, sa robe de chambre, son mouchoir de poche et ses bottes. Mais je n'ai pas besoin de dire que je ne possède pas cette plume ; qu'il me suffise donc de dire que Valoroso était seul.

Il s'élança vers l'armoire, et, saisissant un des nombreux coquetiers étalés sur sa table princière pour le repas du matin, il tira de l'armoire une bouteille de véritable eau-de-vie de Cognac, remplit et vida le coquetier à plusieurs reprises et le posa enfin en s'écriant

d'une voix rauque : — Ha, ha, ha! maintenant, Valoroso est de nouveau un homme... Mais, dit-il (et je dois avouer à regret que, tout
en parlant, il continuait à siroter), avant d'être roi, je n'avais pas
besoin de cette boisson enivrante; il fût un temps où je n'avais soif
que d'eau de source. Le torrent ne bondissait pas plus rapide sur les
rochers que je ne le faisais, quand, l'espingole en main, je secouais
la rosée matinale et chassais la perdrix, la bécasse ou le daim! Pour-

quoi ai-je dépouillé mon neveu, mon jeune Guiglio! — Dépouillé! ai-je
dit? Non! non! non! non! pas dépouillé, pas dépouillé! Je m'exprime
mal. J'ai pris, et sur ma noble tête j'ai posé la couronne royale de
Paphlagonie; j'ai pris, et, de mon bras royal, j'ai porté le sceptre de
Paphlagonie; j'ai pris, et, dans ma main étendue, je tiens la sphère
royale de Paphlagonie! Est-ce qu'un pauvre garçon morveux et baveux
(il semble qu'il était encore hier dans les bras de sa nourrice, criant
pour avoir des bonbons et de la bouillie) aurait pu supporter le
doids affreux d'une couronne, d'un sceptre et d'une sphère, ceindre

le sabre que mes ancêtres royaux ont porté et affronter au combat le Criméen redoutable?

Et alors le monarque continua à argumenter à part lui; mais nous n'avons pas besoin de dire que se convaincre soi-même et convaincre les autres sont deux choses fort différentes. Il cherchait une fois de plus à se persuader qu'il était de son devoir de garder ce qu'il avait pris. Si, à un moment quelconque, il avait eu l'idée d'une restitution, la perspective d'*unir par un certain mariage* deux couronnes et deux nations qui avaient été engagées dans des guerres aussi sanglantes et aussi coûteuses que l'avaient été les guerres paphlagoniennes et criméennes, avait chassé de son esprit l'idée de rendre le trône à son neveu Guiglio.

Ainsi nous trompons-nous facilement nous-mêmes! Ainsi nous imaginons-nous que ce que nous désirons est juste! Le roi prit courage, lut les journaux, finit ses muffins et ses œufs, et fit appeler son premier ministre. La reine, après s'être demandé si elle monterait voir Guiglio, qui avait été malade, se dit : « Pas à présent. Les affaires d'abord, le plaisir ensuite. J'irai voir ce cher Guiglio cette après-midi. Pour le moment, je vais me faire conduire chez le bijoutier, afin de choisir le collier et les bracelets. La princesse passa dans son appartement et dit à Betsinda, sa femme de chambre, de sortir toutes ses robes; et, quant à Guiglio, on l'oublia aussi complètement que j'ai oublié ce que j'eus pour dîner il y a eu mardi un an.

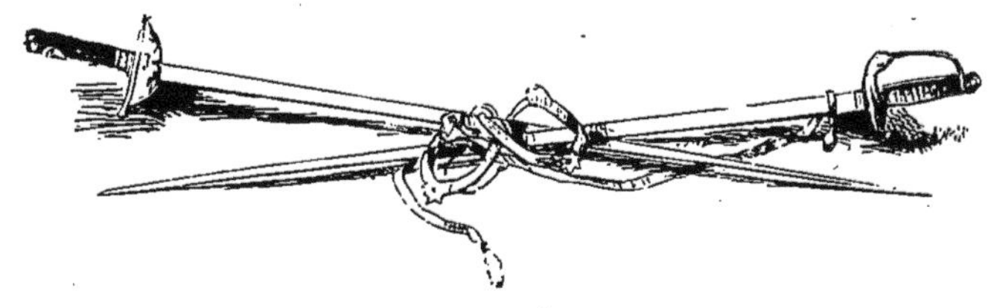

CHAPITRE II

Il y a dix ou vingt mille ans, la Paphlagonie semblait être un pays
où les lois de succession n'existaient pas; car lorsque le roi Savio
mourut, laissant son frère régent du royaume et tuteur de l'enfant
orphelin de Savio, cet infidèle régent ne prit aucun souci des dernières
volontés du feu roi et se fit proclamer souverain de Paphlagonie avec
le titre de Valoroso XXIV. Il eut un couronnement splendide, et
ordonna à tous les nobles du royaume de lui rendre hommage. Tant
que Valoroso donna beaucoup de bals, beaucoup d'argent et de places
lucratives aux courtisans, il fut indifférent à la noblesse paphlagonienne de savoir qui régnait; et quant au peuple, dans ces temps pri-
mitifs, il était également indifférent à ces choses. Le prince Guiglio ne
sentit pas la perte de la couronne et de l'empire, à cause de son jeune
âge. Pourvu qu'il eût beaucoup de jouets et de friandises, des congés
cinq fois par semaine, un cheval et un fusil pour aller à la chasse
quand il fut plus grand, et, par-dessus tout, la compagnie de sa chère
cousine Angélica, l'enfant unique du roi, le pauvre Guiglio, était parfaitement content de son sort; aussi n'enviait-il pas le moins du monde la
robe royale et le sceptre, le grand trône inconfortable, et l'énorme

et encombrante couronne, sous laquelle le roi se complaisait du matin au soir.

Le portrait du roi Valoroso a été conservé, et je crois que vous conviendrez avec moi qu'il devait être un peu fatigué de son trône de velours, de ses diamants, de son hermine et de toutes ses grandeurs. Je n'aimerais pas à porter cette robe étouffante et à avoir un monument semblable sur la tête.

Sans aucun doute, la reine avait dû être ravissante dans sa jeunesse; car, quoiqu'elle fût devenue un peu forte sur ses vieux jours, ses traits, tels qu'ils sont conservés dans son portrait, sont certainement agréables. Si elle aimait la flatterie, la médisance, les cartes et la toilette, soyons indulgents pour ses défauts, qui ne sont peut-être pas après tout beaucoup plus grands que les nôtres. Elle était bonne pour son neveu, et, si elle avait quelques scrupules touchant l'usurpation de la couronne du prince par son mari, elle se consolait en pensant que le roi, bien qu'usurpateur, était un homme des plus respectables, et qu'à sa mort, le prince Guiglio reprendrait le trône et le partagerait avec sa cousine qu'il aimait tendrement.

Le premier ministre Gloumboso était un vieux diplomate, dans les mains duquel se réunissaient toutes les affaires du royaume.

Les seules choses que Valoroso demandait étaient d'avoir beaucoup d'argent, beaucoup de flatteurs et le moins de peine possible. Pourvu qu'on lui promît des divertissements, il s'inquiétait fort peu de savoir comment le peuple les payait.

Ce couple royal n'avait qu'une fille, la princesse Angélica, qui, vous pouvez en être sûrs, était considérée comme une merveille par les courtisans, par ses parents et par elle-même. On disait qu'elle avait les cheveux les plus longs, les yeux les plus grands, la taille la plus mince, le pied le plus petit et le teint le plus rose qui se pussent trouver parmi toutes les jeunes filles du royaume paphlagonien. On affirmait que ses talents surpassaient sa beauté, et toutes les institutrices faisaient honte .

à leurs élèves paresseuses en leur racontant tout ce que savait faire la princesse Angélica. Elle était en état de jouer les morceaux de musique les plus difficiles à première vue et de répondre à n'importe quelle question sur la syntaxe. Elle savait sur le bout du doigt toutes les dates de l'histoire de Paphlagonie et de tous les autres pays. Elle parlait le francais, l'anglais, l'italien, l'allemand, l'espagnol, l'hébreu, le grec, le latin, le cappadocien, le samothracien, l'égéien et le crimtartarien. En un mot, de toutes les jeunes personnes c'était la plus accomplie, et elle avait pour gouvernante et dame de compagnie la sévère comtesse de Grouffanoff.

On se serait volontiers imaginé que Grouffanoff était une personne de la plus illustre naissance. Elle avait l'air si fier qu'on l'aurait prise tout au moins pour une princesse dont la généalogie remonterait jusqu'au déluge. Mais cette dame n'était pas d'une meilleure naissance que beaucoup d'autres qui se donnent des airs, et toutes les personnes sensées riaient de ses prétentions absurdes. Le fait est qu'elle avait été femme de chambre de la reine, quand celle-ci n'était que princesse, et que son mari avait été premier valet de pied; mais, après la mort ou la disparition de celui-ci, disparition dont nous vous parlerons tout à l'heure, cette madame Grouffanoff flatta, flagorna et cajola si bien la reine (qui était une femme un peu faible), que celle-ci lui donna un titre et la nomma gouvernante de la jeune princesse.

Et maintenant, il faut que je vous parle un peu du savoir et des talents qui valaient une si merveilleuse réputation à la princesse Angélica. Habile, Angélica l'était certainement, mais elle était aussi paresseuse que possible. Jouer à première vue, ah bien oui! Elle savait un ou deux morceaux, il est vrai, et rien ne l'empêchait de dire qu'elle ne les avait jamais vus auparavant. Elle pouvait répondre à une demidouzaine de questions sur la syntaxe, à condition toutefois qu'on tombât sur les bonnes. Quant aux langues, elle avait des professeurs en quantité; mais je doute qu'elle sût autre chose que quelques lambeaux de phrase de chaque langue, et, quant à sa broderie et à ses dessins, elle montrait, il est vrai, des échantillons magnifiques, mais qui les faisait? C'est là la question.

Ceci m'oblige à vous dire la vérité, et, pour cela, il faut que je retourne bien loin en arrière et que je vous parle de la *fée Blackstick*.

CHAPITRE III

Sur les limites des royaumes de Paphlagonie et de Crim-Tartarie, vivait un personnage mystérieux, connu sous le nom de fée *Blackstick* [1] à cause de la baguette d'ébène qu'elle portait toujours, et sur laquelle elle faisait à califourchon des voyages d'affaires ou de plaisir, allant quelquefois jusqu'à la lune. C'est aussi avec cette baguette qu'elle accomplissait ses prodiges.

Dans sa jeunesse, son père, le nécromancien, lui avait enseigné l'art des conjurations, et elle exerçait continuellement son habileté, voltigeant d'un royaume à un autre. Elle avait des vingtaines de filleuls et de filleules de familles royales; elle changeait des quantités de méchantes gens en bêtes, en oiseaux, en bornes, en pendules, en pompes, en tire-bottes, en parapluies ou en autres formes absurdes : en un mot, elle était une des fées les plus actives de tout le collège des fées.

Mais après deux ou trois mille ans de ces exercices variés, Blackstick s'en était un peu fatiguée, ou peut-être en était-elle venue à se dire : Quel bien fais-je en endormant cette princesse pour cent ans? en atta-

1. *Blackstick* veut dire baguette noire.

chant un boudin au nez de cet imbécile? en faisant sortir des diamants
et des perles de la bouche d'une petite fille et des vipères et des crapauds de la bouche d'une autre? Je commence à croire que je fais plus
de mal que de bien. Ne serait-il pas préférable de mettre un terme à
mes incantations et de laisser les événements suivre leur cours naturel?

Donc elle enferma ses livres dans une armoire, renonça dorénavant
à toutes les œuvres de la magie et ne se servit plus de sa baguette que
comme d'une canne pour se promener.

Quand la femme du duc de Padella eut un fils (le duc n'était à ce
moment qu'un des principaux gentilshommes de Crim-Tartarie),
Blackstick, quoique invitée au baptême, ne voulut seulement pas y
assister, mais envoya ses compliments, et pour le bébé une timbale
d'argent doré qui ne valait pas trente francs. A peu près à la même
époque, la reine de Paphlagonie donna à Sa Majesté un fils et héritier;
on tira des coups de canon, la capitale fut illuminée et des fêtes sans
nombre furent données pour célébrer la naissance du jeune prince.
On pensait que la fée, à qui on avait demandé d'être la marraine, lui
donnerait au moins une jaquette rendant invisible, un hippogriffe, la
bourse de Fortunatus ou quelque autre présent très précieux en gage
de son amitié; mais, au lieu de cela, Blackstick s'approcha du berceau
du petit Guiglio, quand tout le monde était en train de l'admirer et de
féliciter ses parents royaux, et dit : — « Mon pauvre enfant, la meilleure
chose que je puisse t'envoyer est *un peu de malheur* »; — et ce fut tout ce
qu'elle voulut dire, au grand mécontentement des parents de Guiglio,
qui moururent peu de temps après. C'est alors que l'oncle de Guiglio
s'empara du trône, ainsi que nous l'avons vu dans le chapitre Ier.

De la même façon, quand Cavolfiore, roi de Crim-Tartarie, célébra
le baptême de sa fille unique, Rosalba, la fée Blackstick, qui avait été
conviée, ne fut pas plus gracieuse qu'elle ne l'avait été pour le prince
Guiglio. Tandis que tout le monde s'extasiait sur la beauté de la chère
enfant, et félicitait ses parents, la fée Blackstick regarda très triste-

ment le bébé et la mère et dit : —Ma brave femme (car la fée était très familière et ne faisait pas plus de cas d'une reine que d'une blanchisseuse), ma brave femme, les gens qui vous suivent seront les premiers à vous tourner le dos; et quant à cette petite fille, la meilleure chose

que je puisse lui souhaiter est *un peu de malheur*. — Elle toucha Rosalba avec sa baguette noire, regarda sévèrement les courtisans, fit à la reine un signe d'adieu de la main et disparut dans les airs par la fenêtre ouverte.

Quand la fée fut partie, les gens de la cour, qui avaient été effrayés et silencieux en sa présence, commencèrent à jaser. — Quelle odieuse fée! dirent-ils, une jolie fée vraiment! Quoi! elle est allée au baptême du roi de Paphlagonie et a prétendu faire toute espèce de choses pour cette famille; et qu'est-il arrivé? Le prince, son filleul, a été dépouillé de son trône par son oncle. Est-ce que nous permettrions que notre chère princesse fût dépossédée de ses droits par aucun ennemi? Jamais, jamais, jamais, jamais!

Et ils répétèrent tous en cœur : — Jamais, jamais, jamais, jamais! — Vous allez voir maintenant comment tous ces beaux courtisans montrèrent leur fidélité. Un des vassaux de Cavolfiore, le duc de Padella, dont nous avons parlé tout à l'heure, se révolta contre le roi qui partit en guerre pour punir le sujet rebelle. — Oser se révolter contre notre bien-aimé et auguste monarque! s'écrièrent les courtisans; peut-on espérer lui résister, à lui? il est invincible, irrésistible. Il ramènera Padella prisonnier, l'attachera à la queue d'un âne et le chassera devant lui en disant : — Voilà la manière dont le grand Cavolfiore traite les rebelles!

Le roi partit pour vaincre Padella; et la pauvre reine, qui était une créature très timide, anxieuse et peureuse, en tomba tellement malade que, je suis fâché de le dire, elle mourut en laissant toute espèce d'instructions à ses dames, concernant la chère petite Rosalba. Naturellement, celles-ci promirent d'en prendre soin; naturellement, elles jurèrent qu'elles mourraient plutôt que de laisser arriver du mal à la princesse.

Au commencement, le *Journal de la cour de Crim-Tartarie* constata que le roi remportait de grandes victoires sur l'audacieux rebelle; puis on annonça que l'armée royale reviendrait bientôt ramenant l'ennemi prisonnier, et puis, et puis... on apprit qu'il en était tout autrement et que le roi Cavolfiore avait été vaincu et blessé par Sa Majesté le roi Padella Ier!

A cette nouvelle les courtisans se divisèrent : les uns quittèrent le palais en toute hâte, pour aller rendre leurs hommages au vainqueur, les autres se sauvèrent emportant ce qu'ils avaient de plus précieux. La pauvre petite Rosalba fut laissée toute seule, toute seule; et elle trottina d'une chambre dans une autre en criant Comtesse! Duchesse! (seulement elle disait : Tontesse, Dutesse, ne parlant pas encore très bien), apportez ma côtelette de mouton, Mon Altesse Royale a faim! Tontesse, Dutesse! — Et elle alla ainsi des appartements privés à la

AINSI C'EN EST FAIT DE LA PAUVRE PETITE PRINCESSE

salle du Trône, où il n'y avait personne; et de là à la salle de bal, où il n'y avait personne, et de là à la chambre des pages, où il n'y avait encore personne, et elle descendit en chancelant les grands escaliers jusqu'au vestibule, où elle ne vit personne; et la porte étant ouverte, elle sortit dans la cour, et de là dans le jardin, et de là dans le désert, et de là dans la forêt, où vivaient les animaux féroces, et l'on n'entendit plus parler d'elle !

Un morceau de son manteau déchiré et un de ses souliers furent
trouvés, peu après, dans la gueule de deux petits lionceaux, tués dans
une partie de chasse par le roi Padella. — Ainsi, c'en est fait de la
pauvre petite princesse! dit-il en les apercevant. Eh bien, ce qui est fait
est fait; nous n'y pouvons rien. Messieurs, allons déjeuner! — Un des
courtisans alors ramassa le soulier et le mit dans sa poche.

Et voilà la fin de Rosalba!

CHAPITRE IV

COMMENT BLACKSTICK NE FUT PAS INVITÉE AU BAPTÊME D'ANGÉLICA

Lorsque naquit la princesse Angélica, non seulement ses parents n'invitèrent pas Blackstick au baptême, mais encore ils donnèrent au portier l'ordre formel de ne pas la recevoir, si elle venait. Ce portier s'appelait Jinkins Grouffanoff. Il avait été choisi par Leurs Altesses Royales pour remplir cette fonction, parce que c'était une espèce de colosse rébarbatif, qui savait dire à un visiteur importun : — Il n'y a personne ! d'un ton si bourru que le visiteur s'en allait effrayé. C'était le mari de cette comtesse dont je vous ai parlé tout à l'heure, et, tant qu'ils furent ensemble, ils se querellèrent du matin au soir.

Ce Grouffanoff exerça sa brutalité une fois de trop, ainsi que vous allez le voir. Un jour la fée Blackstick, venant pour rendre visite au prince et à la princesse, assis précisément à la fenêtre de leur salon, non seulement Grouffanoff nia qu'ils fussent au logis, mais encore il fit un signe odieux et vulgaire au moment de fermer violemment la porte au nez de la fée ! — Tirez vous du chemin, vieille Blackstick ! fit-il ; je vous soutiens que Monsieur et Madame n'y sont pas pour vous. Et, ainsi que nous l'avons dit, il ferma la porte avec violence.

Mais la fée avec sa baguette empêcha la porte de se fermer ; et Grouffanoff sortit en fureur, jurant de la façon la plus abominable et demandant à la fée si elle croyait par hasard qu'il allait rester planté à cette porte toute la journée !

— Vous allez rester à cette porte toute la journée, toute la nuit et durant bien d'autres nuits et d'autres journées encore, dit la fée. Grouffanoff sortit devant la porte en se dandinant sur ses grandes gigues, et s'écria en éclatant de rire : — Ha, ha!... eh bien !

GROUFFANOFF SORTIT DEVANT LA PORTE

qu'est-ce que c'est que ça ?... Laissez-moi redescendre... Ho ! ho ! hem ! et soudain la parole lui manqua.

Car à mesure que la fée agitait sa baguette au-dessus de lui, il se sentait enlever de terre et balancer contre la porte ; puis il ressentit une douleur terrible comme si on lui enfonçait une vis dans l'estomac, et il fut cloué au battant. Puis ses bras se rejetèrent au-dessus de sa tête, et ses jambes, après s'être débattues d'une manière désespérée, se recroquevillèrent sous son corps ; et il sentit le froid l'envahir comme s'il se changeait en métal ; il essaya de parler, poussa quelques sons inarticulés, O... O... A... A... et ne put en dire davantage : il était muet.

Le voilà changé en marteau de porte !

Oui, il n'est plus autre chose maintenant qu'un marteau de porte ! Le roi, ce soir-là, rentrant d'une promenade avec la reine (ils n'étaient alors que prince et princesse) dit à sa femme : — Voyez, ma chère, le marteau neuf qu'on a mis à la porte, il a vraiment quelque chose de notre portier. Et le marteau resta là, rivé à la porte, au soleil brûlant de l'été, jusqu'à ce qu'il en devînt tout rouge ; et il resta là, rivé à la porte, pendant les longues nuits glaciales de l'hiver, où les glaçons pendaient à son nez de cuivre. Et le facteur le frappait tous les jours ; et le commissionnaire le plus vulgaire le cognait contre la porte ; et la servante vint frotter son nez avec du papier de verre ; et une autre fois des jeunes gens essayèrent de le dévisser et lui firent souffrir un supplice atroce avec un tournevis. Puis il prit fantaisie à la reine d'avoir la porte peinte d'une autre couleur, et les peintres l'aveuglèrent et l'étouffèrent à moitié, en le peignant couleur de pois verts. Je vous garantis qu'il eut tout le temps de se repentir d'avoir été malhonnête envers la fée Blackstick !

Quant à la femme de Grouffanoff, son mari ne lui manqua pas. Comme il passait tout son temps au café à ingurgiter de la bière, qu'il était de notoriété publique qu'il se querellait continuellement avec sa femme et qu'il était endetté chez tous les cabaretiers, on supposa qu'il s'était enfui et qu'il avait émigré en Australie ou en Amérique. Quand il plut au prince et à la princesse de devenir roi et reine, ils quittèrent leur vieille maison et personne ne songea plus au portier.

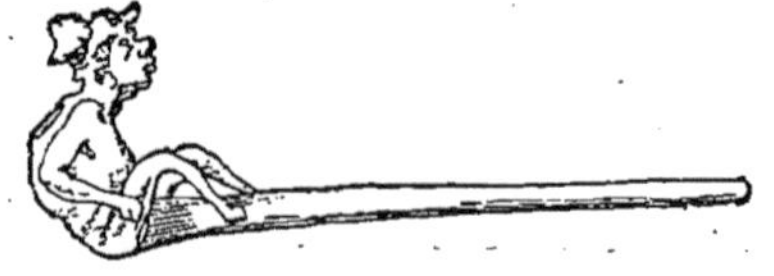

CHAPITRE V

Un jour, à l'époque où la princesse Angélica était encore une toute petite fille, comme elle se promenait dans le jardin du palais avec madame Grouffanoff, sa gouvernante, tenant une ombrelle au-dessus de sa tête pour garantir son teint délicat contre les taches de rousseur, elle se dirigea vers la pièce d'eau avec un gâteau pour en donner les miettes aux cygnes et aux canards.

Ces dames n'avaient pas encore atteint l'étang qu'elles virent arriver vers elles, en trottinant, une bien singulière petite fille. Elle avait autour de ses bonnes petites joues une masse énorme de cheveux ébouriffés, et semblait ne pas avoir été débarbouillée ni peignée depuis je ne sais combien de temps. Elle portait un vieux morceau de manteau en loques et n'avait qu'un soulier.

— Petite vagabonde! qui vous a laissé entrer ici? demanda Grouffanoff.

— Donnez gâteau, dit la petite fille, moi très faim.

— Faim! qu'est-ce que c'est que ça? demanda la princesse Angélica, et elle donna son gâteau à l'enfant.

— Oh! princesse! dit Grouffanoff, comme vous êtes généreuse et bonne, et véritablement angélique! Que Vos Majestés regardent, dit-elle

au roi et à la reine qui s'avançaient justement avec leur neveu le prince
Guiglio; voyez comme la princesse est généreuse! Elle a rencontré cette
sale petite mendiante dans le jardin — je ne peux pas m'expliquer
comment elle est entrée ici, ni pourquoi les gardes ne l'ont pas immédiatement fusillée à la porte! — Et cette princesse chérie vient de lui
donner son gâteau, son gâteau tout entier!

— Je n'en avais pas besoin, dit Angélica.

CES DAMES VIRENT ARRIVER EN TROTTINANT

— Mais vous êtes un cher petit ange tout de même, dit la gouvernante.

— Oui, je le sais, dit Angélica. — Sale petite fille, fit-elle en se
tournant vers la petite mendiante, ne trouvez-vous pas que je suis très
jolie? Elle portait une robe et un chapeau des plus ravissants, et,
comme ses cheveux étaient frisés avec soin, elle était vraiment assez
bien.

— Ah! zolie, zolie! dit la petite fille, sautillant, riant, dansant et mordillant son gâteau; et tout en mangeant elle chantait : — Ah! quel plaisir d'avoir un gâteau au raisin! comme je voudrais qu'il ne fût jamais fini! d'un air si drôle et avec un si singulier accent, qu'Angélica, Guiglio, le roi et la reine se mirent tous à rire de bon cœur.

— Je danse aussi bien que je chante, dit la petite fille, je sais faire toutes sortes de choses; et, courant à un massif, elle cueillit des primevères, des rhododendrons et d'autres fleurs, s'en fit une couronne et dansa devant le roi et la reine si drôlement et si gentiment que tout le monde en fut ravi.

— Qui est votre mère? qui sont vos parents, fillette? demanda la reine.

— Petit lion était mon frère, dit l'enfant, grande lionne était ma mère; je n'en ai jamais connu d'autres. Et elle se mit à sautiller sur le pied chaussé de son unique soulier, au grand divertissement de tous.

— Maman, fit alors Angélica, mon perroquet s'est envolé hier, je n'aime plus aucun de mes joujoux, et je crois que cette drôle de petite fille m'amuserait. Si vous voulez, je la ramènerai à la maison, et lui donnerai quelqu'une de mes vieilles robes...

— Oh! la généreuse petite chérie! s'écria Grouffanoff.

— Que j'ai portées je ne sais combien de fois et dont je suis tout à fait fatiguée, continua Angélica, et elle sera ma petite femme de chambre. Voulez-vous venir à la maison avec moi, petite fille?

L'enfant battit des mains.

— Aller à la maison avec vous! s'écria-t-elle. Oui! vous zolie princesse! avoir un bon dîner et une robe neuve!

Ils se mirent tous à rire de nouveau et emmenèrent l'enfant au palais, où, une fois peignée et lavée, elle fut presque aussi jolie qu'Angélica. Non pas qu'Angélica pensât ainsi; car cette petite personne ne s'imaginait pas que qui que ce fût au monde pût être aussi jolie, aussi bonne, ou aussi adroite qu'elle. Afin que la petite fille ne devînt pas trop fière ni trop vaniteuse, Madame Grouffanoff prit son vieux manteau déchiré et son unique soulier, y attacha une carte sur laquelle était écrit : « Voici les vieux habits que portait la petite Betsinda quand, grâce à la grande bonté et à l'admirable charité de Son Altesse royale, la princesse Angélica, elle fut recueillie dans ce palais. » On ajouta la date et le tout fut mis dans une boîte de verre qui fut fermée à clef.

Pendant quelque temps la petite Betsinda fut la grande favorite de la princesse; elle dansait et chantait pour amuser sa maîtresse. Mais plus tard la princesse eut un singe, et après le singe un petit chien, et après le petit chien une poupée; et alors elle ne fit plus attention à Betsinda, qui devint triste et silencieuse et ne chanta plus de chansons plaisantes, parce que personne ne l'écoutait plus. Quand elle devint plus grande, on en fit une petite femme de chambre; quoiqu'elle ne fût pas payée, elle travaillait, raccommodait le linge et mettait les cheveux d'Angélica en papillotes. Elle n'était jamais de mauvaise humeur quand on la grondait, et faisait tout son possible pour plaire à sa maîtresse. Elle se levait de bonne heure et se couchait tard, était toujours là quand on avait besoin d'elle, et devint en vérité une petite camériste parfaite.

Ainsi grandirent les deux jeunes filles; quand la princesse alla dans le monde, Betsinda lui fit ses robes, mieux que la meilleure couturière. De plus, elle se rendait utile de mille manières. Puis, pendant que la princesse prenait ses leçons, Betsinda s'asseyait et écoutait ce que disaient les professeurs; de cette façon elle apprit beaucoup de choses, car elle était éveillée, quoique sa maîtresse ne le fût guère et ne fît que bâiller ou songer au prochain bal. Quand le maître de danse vint apprendre à Angélica à danser, Betsinda apprit avec elle. Quand ce fut le tour du maître de musique, la petite mendiante ne perdit pas un mot de ce qu'il dit; et étudia les morceaux d'Angélica, pendant que celle-ci était en soirée. Pendant les leçons de dessin, elle prenait note de toutes les observations du maître. Il en était de même pour le français, l'italien et toutes les autres langues. Elle les apprit en écoutant les professeurs qui venaient pour Angélica. Lorsque la princesse sortait le soir, elle disait à sa cameriste : — Betsinda, vous pouvez finir ce que j'ai commencé.

— Oui, mademoiselle, répondait Betsinda, et elle se mettait gaiement à l'ouvrage, non pas pour *finir* ce qu'Angélica avait commencé, mais bien pour le *faire en entier*.

Supposons, par exemple, que la princesse eût entrepris la tête d'un guerrier. Commencée par elle, c'était une caricature. Une fois finie par Betsinda, la tête du guerrier était celle d'un Apollon ; elle était même plus belle encore, si possible. La princesse mettait son nom au bas du dessin ; et la cour, le roi, la reine, et le pauvre Guiglio plus que tous, admiraient et disaient : — Y eut-il jamais génie semblable à celui d'Angélica ? — Je suis fâché d'avoir à dire qu'il en était de même pour la broderie, ainsi que pour tous les autres talents d'Angélica. Ce qu'il y a de plus remarquable, c'est que la jeune princesse croyait positivement qu'elle faisait tout cela elle-même, et acceptait les éloges de la cour comme si elle les méritait. Aussi commença-t-elle à croire qu'il n'y avait pas dans l'univers entier une jeune personne qui pût lui être comparée, et qu'il n'y avait pas au monde de jeune homme digne de devenir son mari. Quant à Betsinda, n'entendant aucune de ces louanges, elle ne s'en enorgueillissait pas, et, étant la meilleure fille du monde, elle n'était que trop contente de faire tout ce qu'elle pouvait pour prouver sa reconnaissance et satisfaire sa maîtresse. Vous devez commencer à vous apercevoir qu'Angélica n'était pas du tout la merveille des merveilles, comme le prétendaient les sujets de Sa Royale Majesté.

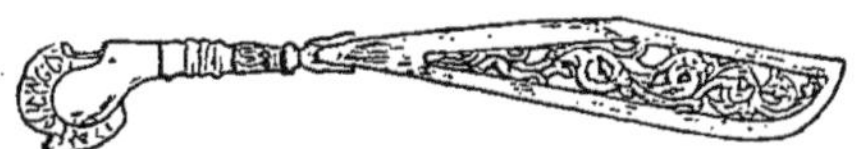

CHAPITRE VI

Parlons un peu maintenant du prince Guiglio, neveu du monarque
régnant de Paphlagonie. Il a déjà été constaté à la page 1 que, pourvu
qu'il eût de beaux habits, un bon cheval, et de l'argent dans sa poche
ou plutôt à sortir de sa poche, car il était généreux, le jeune prince
se souciait fort peu d'avoir perdu sa couronne et son sceptre, étant
assez insouciant de sa nature et peu enclin à la politique ou à toute
autre science. Aussi la place de son précepteur était-elle une complète sinécure. Guiglio ne voulait apprendre ni les classiques ni les
mathématiques, et le chancelier de Paphlagonie, Squaretoso, faisait
une figure des plus longues, parce qu'il ne pouvait pas obtenir du
prince qu'il étudiât les lois et la constitution de Paphlagonie; mais,
d'un autre côté, les gardes-chasse et les piqueurs du roi avaient
dans la personne du prince un excellent élève. Le maître de danse
déclarait qu'il était le danseur le plus élégant et le plus assidu; le
professeur du jeu de billard faisait les rapports les plus flatteurs sur
l'adresse du prince; il en était de même des valets du jeu de paume;
quant au capitaine de la garde et maître d'escrime, le vaillant vétéran
comte Koutouzoff Headsoff, il déclarait que depuis qu'il avait traversé

d'un coup d'épée le terrible Grouenbouskin, général de Crim-Tartarie, il n'avait jamais rencontré si adroit tireur que le prince Guiglio.

La reine avait toujours désiré le mariage d'Angélica et de Guiglio; Guiglio le désirait aussi, et parfois Angélica elle-même y pensait : car elle trouvait son cousin très beau, très brave et très bon; mais elle était si savante, et ce pauvre Guiglio, lui, ne savait rien du tout! Une fois, qu'ils étaient sur le balcon, par une belle soirée, Angélica lui dit : Voilà la Grande Ourse!

LE CHANCELIER DE PAPHLAGONIE

— Où ça? s'écria Guiglio. N'ayez pas peur, Angélica! Il viendrait une douzaine d'ours, que je les tuerais tous avant qu'ils vous aient fait le moindre mal.

— Oh! que vous êtes sot! s'écria la princesse, vous êtes un bon garçon, mais vous n'êtes guère savant.

Il en était de même quand ils regardaient les fleurs. Guiglio ne savait qu'en dire, n'ayant pas la moindre notion de botanique. Quand les papillons voletaient çà et là, Guiglio ne les connaissait pas, étant aussi ignorant en entomologie que je le suis en algèbre. Vous voyez donc que, quoique Angélica aimât assez Guiglio, elle le méprisait à cause de son ignorance. Peut-être bien estimait-elle un peu trop son propre savoir; mais penser trop de bien de soi-même est un défaut commun aux gens de tout âge et des deux sexes. Pour tout dire cependant, quand il n'y avait personne à qui le comparer, Angélica aimait assez son cousin.

Le roi Valoroso était d'une santé très délicate, et, malgré cela, il

HEADSOFF

aimait tant les bons dîners que lui préparait son cuisinier François Marmitonio, qu'il était à craindre qu'il ne vécût pas longtemps.

L'idée d'un malheur qui eût pu arriver au roi frappait de terreur l'artificieux premier ministre et l'intrigante vieille gouvernante, car, pensaient Gloumboso et la comtesse, quand le prince Guiglio épousera sa cousine et arrivera au trône, dans quelle jolie position nous trouverons-nous, nous qu'il déteste et qui avons été si méchants pour lui! Nous perdrons nos places en un clin-d'œil; Grouffanoff aura à rendre tous les bijoux, les dentelles, les tabatières, les bagues et

les montres qui appartenaient à la reine mère de Guiglio; Gloumboso aura à restituer deux cent dix-sept millions neuf cent quatre-
vingt-sept mille quatre cent trente-neuf francs, treize sous et six
centimes et demi d'argent laissés au prince Guiglio par son pauvre
cher père.

La dame d'honneur et le premier ministre détestaient donc Guiglio,

parce que tous deux lui avaient fait du tort; et ces méchantes gens
inventèrent quantité de vilaines histoires sur le prince Guiglio, afin de
tourner contre lui le roi, la reine et la princesse Angélica. Ils racon-
taient qu'il était tellement ignorant, qu'il ne savait seulement pas épe-
ler; qu'il buvait beaucoup trop de vin; qu'il était toujours à flâner dans
les écuries avec les palefreniers; qu'il devait des sommes considérables
au pâtissier et au gantier; qu'il s'endormait à l'église et qu'il aimait à

jouer aux cartes avec les pages. La reine aussi aimait à jouer aux cartes, faisait une grande consommation de gâteaux, de tartes et de tartelettes; le roi aussi s'endormait à l'église et mangeait et buvait trop, tant il se laissait tenter par les ragouts exquis que lui préparait son cuisinier Marmitonio; mais personne ne songeait à leur en faire un reproche. Tous ces méchants propos et ces calomnies eurent à la fin de l'influence sur l'esprit de la princesse Angélica, qui commença à regarder son cousin avec froideur, puis à rire et à se moquer de lui, à le railler sur ses compagnons vulgaires; et, aux bals de la cour, aux dîners, aux soirées, etc., elle le traita avec tant de dureté que le pauvre Guiglio tomba malade, et fut obligé de garder le lit et d'envoyer chercher le médecin.

Sa Majesté le roi Valoroso avait, ainsi que nous l'avons vu, ses raisons pour ne pas aimer son neveu. Pour ce qui était de sa tante, la reine, elle était, quoique de sang royal, très faible de caractère, et quand elle ne voyait pas Guiglio, elle ne pensait plus à lui. Pourvu qu'elle fît ses parties de whist, le reste lui importait peu.

Je crois bien que deux misérables personnes que nous ne nommerons pas souhaitaient que le docteur Pildrafto, médecin de la cour, envoyât Guiglio dans l'autre monde; cependant ce savant docteur ne fit que le saigner et le droguer si fortement que le pauvre prince dut garder la chambre pendant plusieurs mois et devint aussi maigre qu'un cent de clous.

Pendant qu'il était malade, il vint à la cour de Paphlagonie un peintre célèbre, dont le nom était Thomaso Lorenzo, et qui était le peintre ordinaire du roi de Crim-Tartarie, pays voisin de la Paphlagonie. Toute la cour se fit peindre par Thomaso Lorenzo, et tous furent enchantés de son travail : car même la comtesse Grouffanoff avait l'air jeune et Gloumboso de bonne humeur sur leurs portraits.

— Il flatte beaucoup, disaient quelques personnes.

—Non ! s'écriait la princesse Angélica, je suis au-dessus de la flat terie, et je ne trouve pas que mon portrait soit trop beau. Je ne puis pas souffrir de voir un homme de génie mal apprécié, et j'espère que mon cher papa le fera chevalier de son Ordre du Concombre.

La princesse Angélica décida de prendre des leçons de Lorenzo, quoique tous les courtisans déclarassent que Son Altesse Royale dessinait si *admirablement bien*, que l'idée qu'elle pût avoir besoin de leçons était tout à fait absurde.

C'était pourtant merveilleux de voir les magnifiques tableaux

LE PRINCE GUIGLIO

qu'elle fit durant le temps qu'elle travailla dans l'atelier de Lorenzo! Quelques-uns de ses dessins furent placés dans le musée; d'autres furent vendus pour des sommes énormes à des ventes de charité. Elle mettait sa signature au bas des dessins, c'est vrai; mais je crois savoir qui faisait les dessins.

Ce malicieux peintre était venu avec d'autres projets que de donner des leçons de dessin à Angélica. Un jour, il montra à la princesse le portrait d'un jeune homme revêtu de son armure; il avait de jolis cheveux blonds et les yeux bleus les plus ravissants qu'on pût voir, avec une expression à la fois mélancolique et intéressante.

—Qui est-ce, cher signor Lorenzo? demanda la princesse.

— Je n'ai jamais vu personne d'aussi beau, dit la comtesse Grouffanoff.

—Madame, dit le peintre, c'est le portrait de mon auguste jeune

LE PORTRAIT DE MON AUGUSTE JEUNE MAITRE

maître, Son Altesse Royale Bulbo, prince couronné de Crim-Tartarie, duc d'Acrocéraunie, marquis de Poluphloisboiö, et chevalier grand'-croix de l'Ordre de la Citrouille : vous pouvez voir que les insignes de cet Ordre brillent sur sa poitrine virile; il l'a reçu de son auguste père, Sa Majesté le roi Padella Ier, à la bataille de Rimbombamento, où il tua de sa main royale le roi d'Ograria et deux cent onze géants, sur deux cent dix-huit qui formaient la garde du roi. Le reste fut tué par la brave armée de Crim-Tartarie, après un combat acharné dans lequel les Crim-Tartariens souffrirent beaucoup.

— Quel prince! pensait Angélica : si brave, l'air si tranquille, et si jeune! Quel héros!

— Il est aussi instruit qu'il est brave, continua le peintre de la cour. Il sait parfaitement toutes les langues, chante à ravir, joue de tous les instruments, compose des opéras qui ont été joués mille nuits de suite au Théâtre Impérial de Crim-Tartarie, où il dansa un ballet devant le roi et la reine; il est si beau que sa cousine, la ravissante fille du roi de Circassie, mourut d'amour pour lui.

— Pourquoi n'a-t-il pas épousé la pauvre princesse? demanda Angélica avec un soupir.

— Parce qu'il s'est promis d'en épouser une autre, dont la renommée est venue jusqu'à lui.

— Une autre? répéta Angélica, et laquelle?

— C'est un secret, madame.

— Un secret?

— Oui, princesse; il m'est interdit de vous nommer cette personne, mais... mais je peux vous montrer son portrait.

Alors, conduisant la princesse devant un cadre doré, il tira un rideau.

Oh! bonté divine! le cadre contenait un miroir! et Angelica y vit sa propre figure.

CHAPITRE VII

COMMENT ANGÉLICA ET GUIGLIO SE QUERELLÈRENT

Le peintre de la cour de Sa Majesté le roi de Crim-Tartarie revint dans les domaines de ce monarque avec une quantité de dessins faits par lui dans la capitale de Paphlagonie (vous savez, sans nul doute, mes amis, que le nom de cette capitale est Bloumbodinga). Le plus joli de tous ces dessins était un portrait de la princesse Angélica, que tous les nobles de Crim-Tartarie vinrent voir. Le Roi fut si enchanté de ce chef-d'œuvre, qu'il décora le peintre, de l'Ordre de la Citrouille (sixième classe), et qu'à partir de ce moment, l'artiste s'appela sir Thomaso-Lorenzo K. P.

Le roi Valoroso envoya aussi à sir Thomaso son Ordre du Concombre, accompagné d'une grosse somme d'argent; car, pendant son séjour à Bloumbodinga, il avait peint le Roi, la Reine, les principaux nobles, et était devenu tout à fait à la mode, au grand désespoir des artistes de Paphlagonie, auxquels le Roi montrait le portrait du prince Bulbo, laissé par sir Thomaso, en disant : — Lequel de vous, messieurs, peut peindre un portrait comme celui-là ?

Ce portrait était accroché dans la salle à manger royale, au-dessus du buffet royal, et Angélica pouvait le regarder toutes les fois qu'elle faisait le thé. Il semblait devenir chaque jour de plus en plus beau, et la princesse aimait tant à le regarder qu'elle renversait souvent le thé sur la nappe.

Pendant ce temps, le pauvre Guiglio était toujours retenu dans sa chambre par la maladie, quoiqu'il prît, comme un bon garçon, toutes les horribles drogues que lui ordonnait le médecin; et j'espère, mes chers amis, que vous faites de même quand vous êtes malades et que votre maman envoie chercher le docteur. La seule personne qui allât

voir Guiglio (sans compter son ami le capitaine de la garde, qui était toujours occupé ou bien à la parade) était la petite Betsinda, qui venait faire sa chambre à coucher et son salon, lui apportait son gruau et rangeait toutes ses affaires.

Chaque fois que la petite femme de chambre arrivait, le prince Guiglio lui disait : « Betsinda, Betsinda, comment va la princesse Angélica ? »

Et Betsinda répondait : — La princesse se porte très bien, merci,

Monseigneur. — Et Guiglio soupirait en pensant : Si Angelica était malade, je suis bien sûr que je ne me porterais pas très bien.

— Betsinda, disait Guiglio, est-ce que la princesse Angélica a demandé de mes nouvelles, aujourd'hui? — Et Betsinda répondait :— Non, Monseigneur, pas aujourd'hui; ou bien : — Elle était très occupée à étudier son piano, lorsque je l'ai vue ; ou encore : — Elle écrivait des lettres d'invitation pour une soirée et ne m'a pas parlé. D'autres fois, elle inventait des excuses qui n'étaient pas absolument d'accord avec la vérité; car Betsinda était si bonne qu'elle s'ingéniait à faire tout ce qui pouvait éviter la moindre contrariété au prince Guiglio. Elle lui porta même un jour, de la cuisine, du poulet rôti et des gelées (lorsque le médecin le permit et que Guiglio alla mieux), disant que la princesse avait fait la gelée ou la sauce, de ses propres mains, exprès pour Guiglio.

Quand Guiglio lui entendit dire cela, il reprit courage et commença à entrer en convalescence.

A partir de ce moment, il se mit à avaler toute la gelée et à sucer jusqu'au dernier os du poulet : pilon, lunette, ailerons, os de côté, os du dos, croupion et tout, non sans remercier intérieurement sa chère Angélica. Bientôt il se sentit tellement mieux qu'il put s'habiller et descendre. La première personne qu'il rencontra fut la princesse, qui se rendait au salon. Toutes les housses étaient enlevées des fauteuils, les candélabres étaient débarrassés de leurs enveloppes de mousseline, les rideaux de damas étaient tirés, les paniers à ouvrage et tous les bibelots enlevés et remplacés par les plus beaux albums. Angélica avait ses cheveux en papillotes; en un mot, il était clair qu'il allait y avoir une soirée.

— O Ciel! Guiglio! s'écria Angélica, vous ici, dans un costume semblable! Quelle caricature vous faites!

—Oui, chère Angélica, je descends aujourd'hui, car je me sens bien mieux, grâce aux poulets et à la gelée.

— Qu'ai-je de commun avec les poulets et les gelées, pour que vous y fassiez allusion de cette manière? dit Angélica.

— Mais est-ce que... est-ce que vous ne me les avez pas envoyés, chère Angélica? dit Guiglio.

— Moi! vraiment non. Je ne suis point votre Angélica! Mon cher Guiglio, dit-elle, en se moquant de lui, j'étais occupée à préparer un appartement pour Son Altesse Royale le prince de Crim-Tartarie, qui vient faire une visite à la cour de mon père.

— Le... prince... de... Crim... Tartarie!... dit Guiglio ébahi.

— Oui, le... prince de... Crim... Tartarie, répondit Angélica en le contrefaisant; je suppose que vous n'avez jamais entendu parler de ce pays. De quoi avez-vous entendu parler? Je suis persuadée que vous ne savez seulement pas si la Crim-Tartarie est sur la mer Rouge ou sur la mer Noire.

— Si, je le sais, elle est sur la mer Rouge, » dit Guiglio. Sur quoi la princesse éclata de rire en disant : « O grand benêt! Vous êtes tellement ignorant que vous n'êtes pas fait pour la société! En dehors des chevaux et des chiens, vous ne connaissez rien, et n'êtes bon qu'à dîner en compagnie des plus lourds dragons de mon royal père. Ne me regardez pas d'un air si étonné, monsieur; allez mettre vos plus beaux habits pour recevoir le prince, et laissez-moi arranger le salon. »

Guiglio répondit : « Oh! Angélica! je ne m'attendais pas à un tel langage de votre part. Tel n'était pas votre langage quand vous m'avez donné votre anneau. »

Mais Angélica l'interrompit et s'écria : « Retirez-vous du chemin, vilain impudent, insolent! Et quant à votre méchant petit anneau de deux sous, le voilà, monsieur, le voilà! » et elle le jeta par la fenêtre.

« C'était l'anneau de mariage de ma mère! » cria Guiglio.

— Je me moque pas mal que ce soit l'anneau de mariage de qui que ce soit! cria Angélica. Je ne peux pas souffrir les gens qui reprochent ce dont ils ont fait cadeau. Je sais bien qui me donnera de plus belles choses que vous ne m'en avez jamais donné. Voilà-t-il pas une belle affaire pour un misérable anneau qui ne vaut seulement pas vingt-cinq sous!

Angélica ignorait une chose, c'est que l'anneau que lui avait donné Guiglio, était un anneau enchanté : la personne qui le portait devenait l'objet de la sympathie et de l'admiration de tout le monde.

La reine, mère de Guiglio, qui était une personne tout à fait ordinaire, fut l'idole de son peuple aussi bien que de son mari tant qu'elle porta cet anneau; mais quand elle l'eut mis au doigt de son fils, le roi Savio reporta toute son affection sur le petit Guiglio; et tout le monde l'aima de même.

Un peu plus tard, quand, tout enfant encore, Guiglio donna cet anneau à Angélica, chacun se mit à aimer celle-ci et à l'admirer, et Guiglio, comme dit le proverbe, ne joua plus que le second violon.

« Oui, continua Angélica, je sais qui me donnera de bien plus belles choses que votre misérable bibelot de bague.

— Très bien, mademoiselle! vous pouvez reprendre votre anneau aussi! dit Guiglio, les yeux brillants de colère; puis tout d'un coup, comme si ses yeux s'étaient subitement ouverts, il s'écria :

« Mais! qu'est-ce que cela veut dire? Est-ce donc là la personne que je trouvais si charmante! Ai-je été assez nigaud pour jeter les yeux sur vous, mademoiselle? Mais positivement, oui, vous êtes un peu bossue!

— Oh! le misérable! s'écria Angélica.

— Et, sur ma parole, vous... vous louchez légèrement.

— Oh! oh! oh! fit la princesse.

— Et vos cheveux sont rouges, et vous êtes marquée de la petite vérole, et en outre, oui, vous avez trois fausses dents et une jambe plus courte que l'autre!

— Oh! le misérable! le misérable! répétait Angélica; et, saisissant l'anneau d'une main, de l'autre elle donna à Guiglio une, deux, trois

claques sur la figure, et lui aurait arraché les cheveux s'il n'avait rejeté
sa tête en arrière en éclatant de rire.

« Non! non! Angélica, dit-il toujours riant, ne me tirez plus les
cheveux; ça fait mal. Vous pourriez, d'après ce que je vois, en
enlever pas mal de votre tête sans douleur; mais moi, ce n'est pas la
même chose. Oh! oh! oh! ah! ah! ah! hi! hi! hi! »

ET AVEC UN GRAND SALUT

Ils étouffaient presque, lui de rire et elle de rage, quand le comte
de Cambabella, premier chambellan, entra dans la chambre, vêtu
de son habit de cour, et avec un grand salut : « Altesses Royales, leur
dit-il, Leurs Majestés vous attendent dans la chambre du trône, où
elles vont recevoir le prince de Crim-Tartarie. »

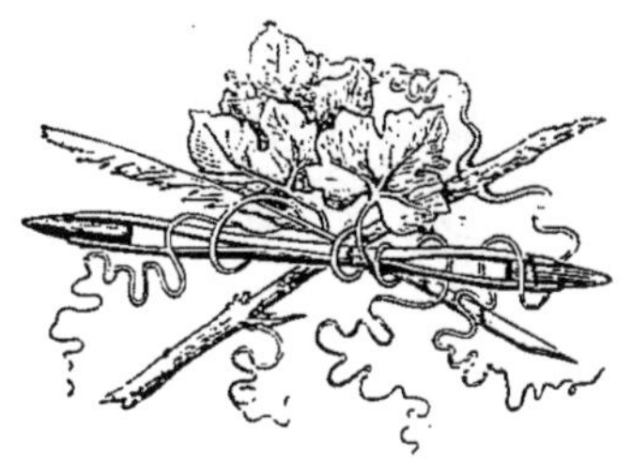

CHAPITRE VIII

COMMENT MADAME GROUFFANOFF RAMASSA L'ANNEAU ENCHANTÉ,
ET COMMENT LE PRINCE BULBO FIT SON ENTRÉE A LA COUR

L'arrivée du prince Bulbo avait mis toute la cour sens dessus des-

L'ARRIVÉE DU PRINCE METTAIT TOUTE LA COUR SENS DESSUS DESSOUS

sous; l'ordre fut donné à tous de se parer pour lui faire honneur : les

valets endossèrent leurs livrées de gala; le lord chancelier plaça sur sa tête sa plus belle perruque, et les gardes revêtirent leurs uniformes neufs.

La comtesse Grouffanoff, très heureuse d'avoir une occasion de mettre ce qu'elle avait de plus beau, traversait la cour du palais dans vous ses atours, pour se rendre auprès de Leurs Majestés, quand elle aperçut sur le pavé quelque chose de brillant. Elle ordonna au petit valet qui portait la traîne de sa robe, d'aller ramasser l'objet qui re-

LA COMTESSE GROUFFANOFF TRAVERSAIT LA COUR

luisait là-bas. C'était un vilain petit gamin, affublé des habits du feu portier, qu'on avait taillés, pour lui, mais qui lui étaient beaucoup trop étroits; cependant, lorsqu'il eut ramassé l'anneau (car c'était l'anneau qui brillait par terre), et qu'il le porta à sa maîtresse, celle-ci trouva que son page avait l'air d'un petit Cupidon. Il lui donna l'anneau : c'était un anneau trop petit pour aucun de ses vieux os, de sorte qu'elle le mit dans sa poche.

— Oh! ma'me! dit le gamin en la regardant, comme vous êtes belle aujourd'hui!

—Et vous aussi, Jacky, allait-elle dire, lorsqu'en le regardant elle vit
qu'il n'était pas bien du tout et était toujours le petit Jacky aux cheveux
carotte. Toutefois la flatterie est bienvenue, même du plus laid des
petits garçons, et Grouffanoff, priant le valet de relever sa traîne, continua sa route de très bonne humeur. Les gardes la saluèrent avec un
respect particulier. Le capitaine Headsoff, dans l'antichambre, lui dit:

— Ma chère madame Grouffanoff, vous avez l'air d'un ange aujour-
d'hui.

Ainsi, saluant et minaudant, Grouffanoff alla prendre sa place
derrière ses augustes maîtres, qui attendaient l'arrivée du prince de
Crim-Tartarie. La princesse Angélica était assise à leurs pieds, et
debout derrière la chaise du roi se trouvait Guiglio qui avait l'air de très
mauvaise humeur.

Le prince de Crim-Tartarie fit son entrée, tenant une rose à la main,
accompagné du baron Sleibootz, son chambellan, et suivi d'un page
nègre portant la plus belle couronne que l'on eût jamais vue. Il

était en costume de voyage, et ses cheveux, comme vous le voyez, étaient un peu en désordre. « J'ai fait trois cents milles à cheval depuis déjeuner, dit-il, tellement j'étais pressé de contempler le roi, la cour et l'auguste famille de Paphlagonie; aussi je n'ai pas voulu attendre une minute de plus pour me présenter devant Vos Majestés. »

A ces paroles, un éclat de rire méprisant partit de derrière le trône, poussé par Guiglio, mais toute la cour était tellement préoccupée qu'elle n'entendit pas cette inconvenante explosion.

— Votre Altesse Royale est la bienvenue n'importe dans quel costume, dit le roi; Gloumboso, approchez un fauteuil pour Son Altesse Royale.

— Quelque costume que porte Son Altesse Royale, c'est toujours un costume de cour, dit la princesse Angélica souriant gracieusement.

— Ah mais! il faudrait que vous vissiez mes autres habits, dit le prince; je les aurais mis, si ce n'est que cet imbécile de commissionnaire ne les a pas encore apportés. Qui est-ce qui rit? »

C'était Guiglio qui riait de nouveau. « Je riais, dit-il, parce que vous venez de dire que vous étiez tellement pressé de voir la princesse que vous n'aviez pas même pris le temps de changer de costume; et maintenant vous dites que vous venez avec ces habits parce que vous n'en avez pas d'autres.

— Et qui êtes-vous? s'écria le prince Bulbo en fureur.

— Mon père était roi de ce pays et je suis son fils unique, prince! répliqua Guiglio d'un ton hautain.

— Ah! s'écrièrent le roi et Gloumboso, tous les deux très agités, mais le premier se remettant : « Cher prince Bulbo, dit-il, j'ai oublié de présenter à Votre Altesse Royale mon cher neveu, Son Altesse Royale le prince Guiglio! Faites connaissance ensemble, embrassez-vous; Guiglio, donnez la main à Son Altesse Royale! » Guiglio obéit et, tendant la main à Bulbo, il serra si fort la sienne que les larmes vinrent aux yeux du prince de Crim-Tartarie. Gloumboso apporta alors un fauteuil pour le royal visiteur, et le mit sur l'estrade où étaient assis le roi et la reine. Bulbo, pour obéir à l'invitation du roi, voulut s'y asseoir; par malheur le fauteuil avait été placé trop près du bord; au mouvement que fit le prince pour s'y poser, le fauteuil se renversa, l'entraînant dans sa chute, et Bulbo roula sur le plancher en beuglant comme un taureau. A cette catastrophe, Guiglio éclata de rire pour la troisième fois et toute la cour fit de même; car, quoique à son entrée dans la salle, il n'eût pas paru extrêmement ridicule, au moment où il se releva il avait l'air si sot, si nigaud, que personne ne put s'empêcher de s'égayer à ses dépens.

Dans sa chute la rose qu'il portait lui était échappée des mains.

— Ma rose, ma rose! » s'écria Bulbo. Son chambellan s'élança, la ramassa et la donna au prince, qui la mit à sa boutonnière. Tout le monde alors se demanda pourquoi on avait ri : car il n'y avait rien en lui qui pût exciter la moquerie. Il était un peu petit, un peu gros; il avait les cheveux un peu rouges; mais en somme, pour un prince, il n'était pas déjà si mal.

Tout le monde était assis à causer, les personnages royaux ensemble, les officiers de Crim-Tartarie avec ceux de Paphlagonie, et Guiglio, fort à l'aise derrière le trône, avec madame Grouffanoff.

Il la regardait avec des yeux si tendres que le cœur de la dame en était tout en émoi.

— Oh! cher prince, dit-elle, pourquoi avez-vous été si cruel envers le prince Bulbo?

— Parce que je le déteste, répondit Guiglio.

— Vous êtes jaloux de lui et vous aimez encore la pauvre Angélica.

— Je l'aimais, mais je ne l'aime plus! Quand même elle devrait hériter de vingt mille trônes, je la mépriserais et me moquerais d'elle. Mais pourquoi parler de trône? J'ai perdu le mien. Je suis trop faible pour le reconquérir. Je suis seul et sans amis!

— Ah! ne parlez pas ainsi, prince! dit la comtesse.

— De quoi bavardez-vous derrière nous, vous deux? dit la reine, qui était une bonne femme, mais qui n'était pas plus intelligente qu'il ne fallait. Il est temps de s'habiller pour dîner. Guiglio, conduisez le prince Bulbo à sa chambre. Prince, ajouta-t-elle en s'adressant à son visiteur, si vos bagages ne sont pas arrivés, nous serons très heureux de vous recevoir tel que vous êtes.

Heureusement, le prince Bulbo n'eut pas la mortification de se

LE LORD CHAMBELLAN

montrer de nouveau dans ses habits de voyage; lorsqu'il retourna à sa chambre, suivi par le lord chambellan, il trouva ses malles toutes déballées et le coiffeur qui lui coupa les cheveux et le frisa à son entière satisfaction; de sorte qu'au moment où la cloche du dîner sonna, la compagnie royale n'eut pas à attendre Bulbo plus de vingt-cinq minutes, pendant lesquelles le roi, qui ne pouvait pas souffrir que personne fût en retard, devint d'aussi mauvaise humeur que possible.

Aussitôt que le valet de pied annonça Son Altesse Royale le prince de Crim-Tartarie, la noble compagnie passa dans la salle à manger. C'était tout à fait un dîner sans cérémonie; il n'y avait que le roi et la reine, la princesse, qui fut conduite à table par Bulbo, les deux princes, la comtesse Grouffanoff, Gloumboso, le premier ministre, et le chambellan du prince Bulbo. Vous pouvez être sûrs qu'ils eurent un très bon dîner (que chacun de vous pense à ce qu'il aime le mieux et s'imagine le voir sur la table).

La princesse causa, tout le temps du dîner, avec le prince de Crim-Tartarie, qui mangea beaucoup trop et ne leva pas les yeux de dessus son assiette, excepté lorsque Guiglio, qui découpait une oie, lui envoya en pleine figure une quantité de farce et de sauce à l'oignon. Guiglio, pour toute excuse, se mit à rire, pendant que le prince essuyait le devant de sa chemise et sa figure avec un mouchoir parfumé. Quand Bulbo, sans rancune, lui dit :

« Prince Guiglio, puis-je avoir l'honneur de boire à votre santé? » Guiglio ne répondit même pas. Toutes ses paroles et tous ses regards étaient pour la comtesse Grouffanoff. La vieille et vaniteuse créature, vous pouvez en être persuadés, était très flattée des attentions de Guiglio. Quand il ne lui faisait pas de compliments, il envoyait des railleries tellement mordantes à l'adresse du prince Bulbo, que madame Grouffanoff lui donnait de petits coups de son éventail en disant avec des minauderies :

— Oh! fi! fi! le prince va vous entendre!

Le roi et la reine heureusement n'entendaient pas, eux: car Sa Majesté la reine était un peu sourde, et le roi était si fort occupé de son dîner et faisait tant de bruit en le mangeant qu'il n'avait pas d'oreilles pour autre chose. Après le dîner, du reste, tous deux s'endormirent dans leurs fauteuils.

Alors Guiglio commença à verser rasade sur rasade au prince Bulbo : porto, xérès, madère, marsala, champagne, cognac et bière. Maître Bulbo but de chacune de ces boissons en quantité. Mais en jouant ces tours à son hôte, Guiglio était obligé de boire lui-même, et je suis fâché d'avoir à dire qu'il en prit plus qu'il ne lui en fallait, de sorte que les jeunes gens étaient fort bruyants lorsqu'ils passèrent dans le salon.

Bulbo alla s'asseoir près du piano, où Angélica jouait et chantait. Il voulut chanter aussi ; mais il chanta à contre-temps. Lorsque le domestique lui apporta le café, il le renversa sur son superbe gilet blanc. Il ne sut enfin que parler mal à propos, rire sottement, et finit par s'endormir et ronfler comme un poêle. Fi ! le vilain personnage ! Cependant, tandis qu'il était couché sur le canapé rose en faisant un bruit terrible, Angélica persistait à le trouver le plus beau des hommes.

Guiglio alla naturellement s'asseoir à côté de madame Grouffanoff, qui embellissait à ses yeux d'instant en instant. Il lui fit les compliments les plus insensés. Il lui jura qu'elle était la plus jolie femme de la terre, qu'il était prêt à l'épouser, qu'il n'en voulait pas d'autre qu'elle !

Épouser l'héritier du trône ! Quelle chance ! La comtesse ne voulut pas laisser échapper une pareille occasion. Elle prit une feuille de papier et écrivit dessus : « Ceci est pour déclarer que moi, Guiglio, fils unique de Savio, roi de Paphlagonie, je promets d'épouser la charmante et vertueuse Barbara Griselda, comtesse Grouffanoff, veuve de feu Jenkins Grouffanoff. »

— Qu'est-ce que vous écrivez là, charmante comtesse ? dit Guiglio qui se berçait sur un canapé près de la table.

— Cher prince, c'est simplement un ordre que je vous prierai de signer, pour faire donner du charbon et des couvertures aux pauvres pendant cet hiver si rigoureux. Voyez ! le roi et la reine dorment tous les deux, et la signature de Votre Altesse Royale suffira.

Guiglio, qui avait très bon cœur, comme madame Grouffanoff le savait fort bien, signa immédiatement ; et quand la vilaine créature eut cet écrit dans sa poche, vous pouvez vous imaginer les airs qu'elle se donna. Elle était prête à prendre le pas sur la reine elle-même, maintenant qu'elle était la femme du roi légitime de Paphlagonie. Quand on apporta les bougeoirs et qu'elle eut aidé la reine et la princesse à se déshabiller, elle alla dans sa chambre et s'exerça à écrire sur une feuille de papier : *Griselda de Paphlagonie ; Barbara Regina; Griselda Barbara; Paph. Reg.*, et je ne sais plus quelles autres signatures, pour le jour où elle serait reine pour de bon.

CHAPITRE IX

La petite Betsinda entra pour mettre les cheveux de madame Grouffanoff en papillotes; et la comtesse était de si bonne humeur que,
contrairement à son habitude, elle fit des compliments à Betsinda. —
« Betsinda, dit-elle, vous m'avez très bien coiffée aujourd'hui; je vous ai
promis un petit présent. Voici cinq she... non, voici un joli petit anneau
que j'ai rama... que j'ai depuis quelque temps. » Et elle donna à Betsinda l'anneau qu'elle avait ramassé dans la cour. Il allait exactement
au doigt de la jeune fille.

— Il ressemble à l'anneau que portait la princesse, dit la femme de
chambre.

— Pas le moins du monde, dit madame Grouffanoff, je l'ai depuis
bien longtemps. Là, bordez mon lit confortablement; et maintenant
vous découdrez ma robe de soie verte, puis vous me ferez un petit
bonnet pour le matin, puis vous raccommoderez le trou qu'il y a à mon
bas de soie, et puis... et puis vous pourrez aller vous coucher, Betsinda.
N'oubliez pas de m'apporter ma tasse de thé à cinq heures du matin.
N'oubliez pas, n'oubliez pas...

Puis Betsinda n'entendit plus que... hong... hong... hrrooo! La
comtesse ronflait déjà de tout son cœur.

Avant d'accomplir les travaux dont elle était chargée, Betsinda descendit à la cuisine pour aller chercher de la braise, afin de bassiner le lit de la princesse Angélica, comme elle le faisait tous les soirs.

Betsinda était une jolie fille, très jolie même; mais il devait y avoir quelque chose de particulièrement attrayant en elle ce soir-là : car lorsqu'elle parut dans la cuisine, tous les domestiques se levèrent et s'écrièrent en chœur :

— Oh! sur ma parole! quelle jolie fille que Betsinda!

— Oh! sur mon âme! quelle jolie fille que Betsinda!

— Oh! par Jupiter! quelle jolie fille que Betsinda!

— Oh! ciel! quelle jolie fille que Betsinda!

La jeune fille se dirigea vers la chambre de la princesse avec sa bassinoire remplie de charbons allumés. Comme elle traversait un corridor qui y conduisait, elle rencontra le prince Bulbo.

— O! O! O! O! O! O! s'écria-t-il, quelle bé-bé-belle créature vous êtes! O mon ange, sois à moi! sois princesse de Crim-Tartarie! Mon royal père approuvera notre union, et quant à cette petite Angélica aux cheveux rouges, je m'en moque!

— Laissez-moi, Altesse Royale, et allez vous coucher, s'il vous plaît, dit Betsinda armée de la bassinoire.

Mais Bulbo reprit :

— Non, jamais avant que tu n'aies juré d'être ma femme! Vois à tes pieds le royal Bulbo, tremblant et prisonnier!

Il continua ainsi, sur un ton si grotesque, que Betsinda, qui ne demandait qu'à rire, lui appliqua un coup de bassinoire brûlante sur la poitrine; ce qui lui fit crier O! O! O! O! d'une manière très différente de la première fois.

Le prince Bulbo faisait tant de bruit avec ses déclarations que le prince Guiglio, qui l'entendit de la chambre voisine, accourut pour savoir ce qui se passait. Aussitôt, se précipitant avec fureur sur le prince de Crim-Tartarie, il l'envoya au plafond d'un coup de pied, et

continua ainsi jusqu'à ce que les cheveux du pauvre Bulbo furent tout
à fait défrisés.

Betsinda ne savait plus si elle devait rire ou pleurer; les coups de
pied avaient certainement dû faire du mal au prince; mais, d'un autre
côté, il avait l'air si drôle! Quand Guiglio eut fini de le faire rebondir
comme une balle, et pendant que sa victime allait tomber toute
meurtrie dans un coin, voilà qu'à son tour il se jette à genoux devant
Betsinda, lui prend les mains, la supplie d'accepter son cœur et offre
de l'épouser à l'instant même.

IL L'ENVOYA AU PLAFOND D'UN COUP DE PIED

— O divine Betsinda! disait-il, comment ai-je pu vivre pendant
quinze ans dans la compagnie sans voir tes perfections? Quelle femme
dans toute l'Europe, l'Asie, l'Afrique, les deux Amériques, et même
l'Australie (le mal est que l'Australie n'était pas encore découverte),
peut se vanter d'être ton égale? Betsinda! Betsinda!

— O prince! je ne suis qu'une pauvre femme de chambre, dit modes-
tement Betsinda, qui avait toutefois l'air très contente.

— Ne m'as-tu pas soigné pendant ma maladie, alors que tous m'abandonnaient? continua Guiglio. N'est-ce pas ta gentille main qui m'a apporté de la gelée et du poulet rôti?

— Oui, cher prince, je l'ai fait, dit Betsinda, et j'ai aussi cousu les boutons de chemise de Votre Altesse Royale, s'écria la naïve jeune fille.

Quand le pauvre Bulbo, qui était un peu revenu à lui, entendit ces paroles, il se mit à pleurer amèrement et s'arracha des cheveux en si grande quantité, qu'ils couvraient la chambre comme autant de petits paquets de filasse.

Betsinda avait laissé sa bassinoire sur le plancher pendant que les princes continuaient leur conversation ; mais comme ils commençaient à se quereller, elle jugea à propos de se retirer.

— Vous, là-bas, grand nigaud de pleurard, en train de vous arracher les cheveux dans ce coin, disait Guiglio, vous me rendrez raison pour avoir insulté Betsinda. Avoir osé vous mettre aux genoux de la princesse Guiglio et lui baiser la main!

— Elle n'est pas la princesse Guiglio, hurla Bulbo. Elle sera la princesse Bulbo, aucune autre ne sera la princesse Bulbo!

— Vous êtes fiancé à ma cousine! rugit Guiglio.

— Je déteste votre cousine!

— Vous me rendrez raison pour l'avoir insultée! s'écrie Guiglio en fureur.

— J'aurai votre vie!

— Je vous traverserai de mon épée!

— Je vous couperai la gorge!

— Je vous ferai sauter la cervelle!

— Je vous casserai la tête!

— Je vous enverrai mes témoins demain matin, vous pouvez en être sûr!

— Je vous enverrai une balle dans l'après-midi!

— Nous nous reverrons, dit Guiglio, en portant le poing à la figure de Bulbo, puis il s'élança dans l'escalier. Mais la première personne qu'il vit sur le palier fut Sa Majesté, causant avec Betsinda. Sa Majesté avait entendu du tapage dans la maison; elle voulut en connaître la cause, et, sentant une odeur de brûlé, elle sortit pour voir ce qui se passait.

— Ce sont peut-être les jeunes gens qui fument, Sire, dit Betsinda.

— Charmante femme de chambre!... dit le roi, qui, lui non plus, n'avait jamais vu Betsinda si jolie. On ne sait ce qu'il allait ajouter lorsque, inopinément, il s'étendit tout de son long sur le plancher. C'était Guiglio qui, s'imaginant que le personnage qui parlait à la

LA PAUVRE MAJESTÉ FUT APLATIE COMME UNE CRÊPE

jeune fille était encore le prince Bulbo, venait de laisser tomber sur la tête du roi un coup de bassinoire si formidable, que la pauvre Majesté fut aplatie comme une crêpe.

Après quoi, maître Guiglio, ayant reconnu celui auquel il avait eu affaire, prit ses jambes à son cou et se sauva, et Betsinda se sauva aussi en criant; et la reine, la princesse, plus madame Grouffanoff, sortirent de leurs chambres. Imaginez les sentiments qu'elles éprouvèrent en voyant leur époux, père et souverain dans cette triste position.

CHAPITRE X

Aussitôt que la bassinoire commença à le brûler, le roi revint à lui et se releva. — Holà ! mon capitaine des gardes ! s'écria Sa Majesté, en frappant du pied avec rage. — Oh ! spectacle piteux ! le nez du roi avait été complètement tordu par le coup du prince Guiglio ! Sa Majesté grinçait des dents. — Headsoff ! dit-il, en prenant dans la poche de sa robe de chambre un arrêt de mort, Headsoff, mon bon cher Headsoff, va arrêter le prince. Tu le trouveras dans sa chambre, au second. Apprends qu'il a osé porter une main sacrilège sur le bonnet de nuit sacré d'un roi. Headsoff, il a osé me jeter par terre d'un coup de bassinoire ! Va, que le misérable meure ! Vois à ce que cela soit fait promptement, sinon !... gare à ta propre tête !

Alors, suivi des dames et relevant les pans de sa robe de chambre, le roi rentra dans son appartement.

Le capitaine Headsoff était très affecté de ce qui venait de se passer, car il aimait sincèrement Guiglio.

— Pauvre, pauvre Guiglio ! dit-il, les larmes coulant sur son mâle visage et le long de ses moustaches. Mon noble jeune prince ! est-ce donc ma main qui doit te conduire à la mort ?

— Envoyez-le au diable ! Headsoff, dit une voix de femme. C'était madame Grouffanoff, qui était sortie en robe de chambre quand elle avait entendu le bruit. — Le Roi a dit que vous deviez faire pendre le prince. Eh bien ! faites-le pendre !

— Je ne vous comprends pas, dit Headsoff, qui n'avait pas l'esprit très fin.

— Bêta ! il n'a pas dit *quel* prince, fit la comtesse.

— Non, il n'a pas dit *lequel*, certainement, dit Headsoff.

— Eh bien, donc, prenez Bulbo.

A ces mots, le capitaine se mit à danser de joie. — L'obéissance est l'honneur du soldat, dit-il, la tête du prince Bulbo fera parfaitement au bout d'une corde.

Dès la première heure, le lendemain matin, il se rendit à l'appartement du prince pour accomplir l'ordre qu'il avait reçu.

Il frappa à la porte : — Qui est là ? dit Bulbo.

— Le capitaine Headsoff.

— Entrez, je vous en prie, mon bon capitaine ; je suis enchanté de vous voir ; je vous attendais.

— Vraiment? dit Headsoff.

— Sleibootz, mon chambellan, me représentera, dit le prince.

— Je demande bien pardon à Votre Altesse Royale, mais vous aurez à vous présenter vous-même, et ce serait dommage de réveiller le baron Sleibootz.

Le prince Bulbo semblait prendre la chose d'une façon très calme :

— Naturellement, capitaine, dit-il, vous venez pour l'affaire du prince Guiglio?

LES GARDES D'HEADSOFF LE SAISIRENT ET LE CONDUISIRENT
A LA PLACE DES EXÉCUTIONS

— Précisément, dit Headsoff, pour cette affaire du prince Guiglio; c'est cela précisément, comme dit Votre Altesse.

— Est-ce au pistolet ou au sabre, capitaine? demanda Bulbo. Je me sers assez bien des deux, et je ferai l'affaire du prince Guiglio, aussi vrai que je m'appelle Mon Altesse Royale le prince Bulbo.

— Il y a quelque malentendu, Monseigneur, dit le capitaine; l'affaire se fait avec des *haches* chez nous.

— Des haches? C'est bien tranchant, dit Bulbo. Appelez mon chambellan, il sera mon second, et je me vante d'enlever la tête de maître Guiglio de dessus ses impertinentes épaules. J'ai soif de son sang, Hoo... oo... ooo !

Et il avait l'air aussi féroce qu'un ogre.

— Je vous demande bien pardon, prince, mais, par cet arrêt, je dois vous arrêter et vous conduire au... au bourreau.

— Holà! holà ! mon brave homme ! Arrêter, arrêter, dites-vous!... Ce fut tout ce que put prononcer le malheureux prince : car les gardes d'Headsoff le saisirent, lui mirent un mouchoir sur la bouche et le conduisirent à la place des exécutions.

Le roi, qui causait justement avec Gloumboso, le vit passer de loin, il prit une prise de tabac et dit : — Voilà pour Guiglio; maintenant allons déjeuner.

Le capitaine des gardes tendit son prisonnier au shériff avec l'ordre fatal :

« *A vue, coupez la tête au porteur.*

VALOROSO XXIV. »

— C'est une erreur, dit Bulbo, qui semblait ne rien comprendre à cette affaire.

— Bah ! bah ! dit le shériff, allez chercher Jack Ketch à la minute. Jack Ketch !

Et le pauvre Bulbo fut conduit à l'échafaud, où un bourreau était toujours prêt, avec un billot et une hache énorme, en cas de besoin.

Mais nous devons maintenant nous occuper de Guiglio et de Betsinda.

CHAPITRE XI

Madame Grouffanoff, qui avait vu ce qui s'était passé avec le roi, et qui savait qu'il devait en arriver du désagrément à Guiglio, se leva de très bonne heure le lendemain matin, pour réfléchir au plan à suivre afin de délivrer son cher mari, comme la vieille sotte continuait à l'appeler. Elle le trouva se promenant dans le jardin et cherchant une rime à Betsinda (il ne trouvait pas autre chose que dada), et avait oublié tout ce qui s'était passé la veille, excepté que Betsinda était la plus jolie personne du monde.

— Eh bien ! cher Guiglio, dit la comtesse.

— Eh bien ! chère comtesse, dit Guiglio, mais d'un ton railleur.

— Je réfléchissais, mon chéri, à ce que vous devez faire dans cette occurrence. Vous devez vous sauver à la campagne pour quelque temps.

— Quelle occurrence ? Pourquoi me sauver à la campagne ? Jamais sans celle que j'aime, comtesse.

— Non, sans doute, mais elle vous accompagnera, cher prince, dit madame Grouffanoff en minaudant. D'abord nous prendrons les bijoux appartenant à nos parents royaux et ceux de Leurs Majestés actuelles.

Voilà la clef, chéri, ils sont tous à vous de droit, vous savez; car vous êtes le roi légitime de Paphlagonie, et votre femme sera la reine légitime.

— Le sera-t-elle? dit Guiglio.

— Oui, et quand vous aurez pris les bijoux, allez à l'appartement de Gloumboso; sous son lit vous trouverez des sacs contenant la somme de 217 000 000 987 livres sterling 13 schellings 6 pence et demi. Le tout vous appartient, car il a pris tout cela dans la chambre de votre royal père, le jour de sa mort. Avec ça nous pourrons fuir.

— Nous fuirons? demanda Guiglio. En vérité c'est une excellente idée que vous avez là, ma chère comtesse; oui, nous fuirons.

— Vous fuirez, vous et votre future, votre fiancée, votre chère petite fiancée !

— Chère comtesse, il n'y a que vous pour arranger si bien les choses ! Et où fuirons-nous ?

— Qu'importe! votre femme ne sera-t-elle pas heureuse partout avec vous? dit la Grouffanoff d'un air langoureux. Oui, vous partirez, vous et votre future, votre fiancée, votre petite Grouffanoff, dit la comtesse d'un air langoureux.

— Vous, ma fiancée! s'écria Guiglio. Vous la princesse Guiglio! Jamais!

— Oh! Le misérable! Ne m'avez-vous pas donné ce papier me promettant de m'épouser? s'écria madame Grouffanoff.

— Retirez-vous du chemin, vieille sorcière! j'aime Betsinda et Betsinda seule !

Et il se sauva en courant aussi vite qu'il put.

— Ah! s'écria la dame d'atours en fureur, une promesse est une promesse, s'il y a des lois en Paphlagonie! Et quant à ce qui est de cette affreuse Betsinda, cette ingrate, cette sotte, nous verrons si maître Guiglio la découvrira. Je jure qu'il pourra chercher longtemps avant d'en arriver là. Il ignore que mademoiselle Betsinda est...

(Est... quoi? allez-vous dire. — C'est ce que nous allons savoir.)

Selon l'ordre qu'elle avait reçu, Betsinda se leva à cinq heures du
matin pour porter le thé à sa méchante maîtresse, espérant la trouver
de meilleure composition; mais l'aimable dame au contraire était
d'une humeur de boule-dogue. En voyant, la veille au soir, Betsinda si
jolie, la comtesse s'était dit qu'il était à craindre que le prince la
trouvât plus à son gré qu'elle-même. Aussi avait-elle conçu contre la
pauvre fille une féroce jalousie. Elle lui donna au moins une douzaine

de claques pendant qu'elle s'habillait; mais comme la fillette était
habituée à ce traitement, elle ne s'en inquiéta pas autrement. Lorsqu'elle eut fini d'habiller sa maîtresse, celle-ci, à qui sans doute son
miroir ne faisait pas de compliments ce matin-là, s'écria avec colère :

— Comme vous m'avez fagotée aujourd'hui! Est-il possible de voir
une femme de chambre plus maladroite! Retirez-vous, sotte créature,
quittez ce palais à l'instant même.

La reine étant entrée avec sa fille sur ces entrefaites, la comtesse accusa sa camériste de je ne sais quel crime imaginaire, de sorte que Sa Majesté et la princesse, sans écouter la justification de la pauvre Betsinda, se mirent à l'accabler d'injures, en lui ordonnant, comme madame Grouffanoff, de quitter le palais.

— Chassez-la! chassez-la! s'écriait la reine.

— Oui! chassez-la! reprenait Angélica; mais qu'elle reprenne les loques qu'elle portait quand elle est entrée dans la maison, et qu'elle ne s'avise pas de s'en aller avec les bottines que je lui ai si complaisamment prêtées.

Pour dire la vérité, les chaussures de la princesse étaient beaucoup trop grandes pour Betsinda, dont les pieds dansaient dedans.

La comtesse alla droit à l'armoire vitrée dans laquelle étaient enfermés, depuis bien longtemps, le vieux manteau et le petit soulier de Betsinda et lui dit :

— Prenez ces loques, petite mendiante, dépouillez-vous de tout ce qui appartient à d'honnêtes gens.

En parlant ainsi, elle lui enleva presque tous ses vêtements et la mit hors de la maison.

La pauvre petite Betsinda s'enveloppa comme elle put dans son bout de manteau, qui avait été brodé autrefois et sur lequel on lisait encore Prin... Rosal...

Quant au soulier, que pouvait-elle faire d'un pauvre petit soulier dépareillé? Il y avait encore le cordon qui servait à l'attacher, de sorte qu'elle le suspendit à son cou

— Ne me donnerez-vous pas une paire de chaussures pour sortir dans la neige, s'il vous plaît, madame? demanda en pleurant la pauvre enfant.

— Non! s'écria avec rage la méchante Grouffanoff, la chassant avec le tisonnier tout le long des froids escaliers, à travers le grand vestibule, et la jetant dans la rue glacée, de telle façon que le marteau de la porte pleurait de la voir! Par bonheur, une fée bienfaisante rendit la neige douce et chaude pour les petits pieds de Betsinda. Elle s'enveloppa dans son manteau et partit.

— Et maintenant pensons au déjeuner, dit la reine.

— Quelle robe mettrai-je, maman? ma robe rose ou ma robe vert pois? dit Angélica. Laquelle pensez-vous que le cher prince préfère?

— Madame Valoroso! cria le roi de son cabinet de toilette, ayez des

DE TELLE FAÇON QUE LE MARTEAU DE LA PORTE...

saucisses pour déjeuner! Souvenez-vous que nous recevons le prince Bulbo.

Et chacun alla s'habiller.

Neuf heures sonnèrent. Toute la famille royale était réunie dans la salle à manger, mais le prince Bulbo ne paraissait pas. L'eau pour le thé chantait dans la bouilloire; les muffins fumaient et quelle pile de muffins! Les œufs étaient cuits. Il y avait un pot de confitures de framboises, du café, un magnifique poulet et une langue de bœuf.

Marmitonio, le cuisinier, apporta les saucisses. Oh! comme elles sentaient bon!

— Où est Bulbo? dit le roi. Jean, où est son Son Altesse royale?

Jean répondit qu'il avait monté à Son Altesse royale ses habits et de l'eau pour se raser, mais qu'elle n'était pas dans sa chambre; il supposait qu'elle était sortie faire un tour.

— Sortie avant déjeuner, dans la neige! c'est impossible! dit le roi, en piquant sa fourchette dans une saucisse. Ma chère, prenez en une. Angélica, n'en voulez-vous pas une aussi? La princesse, qui les aimait beaucoup, en prit une.

A ce moment, Gloumboso entra avec le capitaine Headsoff. Ils avaient tous les deux l'air très préoccupé.

— J'ai peur, Votre Majesté... s'écria Gloumboso.

— Pas d'affaires avant déjeuner, Gloumboso! dit le roi, le déjeuner d'abord, les affaires ensuite. Madame Valoroso, un peu plus de sucre, s'il vous plaît.

— Sire, j'ai peur qu'il soit trop tard après déjeuner, dit Gloumboso. Il... il... il sera décapité à neuf heures et demie.

— Vous allez gâter mon déjeuner en parlant de décapitation, méchant homme que vous êtes, dit la princesse. Jean, la moutarde! Et qui doit-on décapiter, s'il vous plaît?

— C'est le prince, Sire, dit Gloumboso à l'oreille du roi.

— Je vous ai dit de ne me parler d'affaires qu'après déjeuner! dit Sa Majesté, devenue tout à fait maussade.

— Nous aurons une guerre, Sire, vous pouvez en être sûr, dit le ministre, son père, le roi Padella...

— Son père, le roi qui? dit le roi; le roi Padella n'est pas le père de Guiglio. Mon frère, le roi Savio, était le père de Guiglio.

— C'est le prince Bulbo qu'on va décapiter, Sire, ce n'est pas le prince Guiglio, dit le premier ministre.

— Vous m'avez dit de décapiter un prince, j'ai pris le plus laid des deux, dit Headsoff. Je ne pensais pas, naturellement, que Votre Majesté voulût faire mettre à mort sa propre chair et son propre sang!

Le roi, pour toute réponse, jeta le plat de saucisses à la tête de Headsoff. La princesse cria : Ah! ah! ah! ah! et s'évanouit.

— Tournez le robinet de la bouilloire sur Son Altesse royale, dit le roi; l'eau bouillante la ranimera. Sa Majesté regarda sa montre, la compara à la pendule de la salle à manger, puis à l'horloge de l'église d'en face; puis la remonta; puis la regarda de nouveau. La grande question, dit-il, est de savoir si j'avance ou si je retarde. Si je retarde, nous ferons aussi bien de continuer à déjeuner. Si j'avance, il y a une chance, une toute petite, de sauver le prince Bulbo. C'est une erreur diabolique, et, ma parole d'honneur, Headsoff, j'ai bien envie de vous faire décapiter aussi.

— Sire, je n'ai fait que mon devoir; un soldat ne connaît que sa consigne. Je ne pensais pas, qu'après quarante-sept ans de services fidèles, mon souverain voudrait me faire mettre à mort comme un traître.

— A quoi pensez-vous, mon père? s'écria la princesse; ne voyez-vous pas que pendant que vous discutez, mon Bulbo va être expédié?

— Par Jupiter! elle a toujours raison, cette fille, dit le roi, en regardant de nouveau sa montre. Ah! écoutez, voilà les tambours! quelle diable d'affaire, quelle affaire ennuyeuse nous avons là tout de même!

— Papa! signez une grâce, et j'irai la porter en courant, s'écria la princesse.

Et elle prit une feuille de papier, une plume et de l'encre et posa le tout devant le roi.

— Que le diable l'emporte! où sont mes lunettes? s'écria le monarque. Angélica! montez à ma chambre à coucher, regardez sous mon oreiller; là vous trouverez mes clefs. Apportez-les-moi et... Eh bien! eh bien! que les filles sont donc impétueuses!

Angélica était montée en courant à la chambre à coucher, avait pris les clefs et les avait rapportées avant que le roi eût seulement fini un muffin.

— Maintenant, ma chère, dit-il, il faut que vous refassiez encore tout le chemin pour chercher mon pupitre dans lequel sont mes lunettes. Si vous consentiez seulement à écouter jusqu'à la fin!... Qu'elle soit pendue! La voilà repartie. Angélica! Angélica!

Quand Sa Majesté faisait la grosse voix, Angélica savait bien qu'il fallait obéir, de sorte qu'elle revint.

— Ma fille, combien de fois ne vous ai-je pas dit que lorsque vous sortez d'une chambre, vous devez fermer la porte! Angélica ferma la porte. — Voilà qui est bien, continua Sa Majesté.

A la fin, cependant, tout fut apporté : les clefs, le pupitre et les lunettes. Le roi tailla sa plume et signa une grâce, et Angélica se sauva en courant comme le vent.

— Vous feriez mieux de rester ici, ma mignonne, dit le roi, et de finir vos muffins. Il est inutile d'y aller. Certainement il est trop tard, continua le roi. Passez-moi la confiture de framboises, s'il vous plaît, ma chère, dit-il à sa femme. Baong! baong! voilà la demie. Je le savais bien qu'il était trop tard.

Pendant ce temps, Angélica volait vers la place de l'exécution. Elle courut, courut, courut, courut... Elle arpenta la rue du Palais, descendit la Grand'Rue, traversa la place du Marché, tourna à gauche, longea le pont, monta l'allée, fit le tour du château, passa devant le mercier qui est à droite en face du candélabre du gaz, fit le tour du square et arriva... arriva à la place de l'exécution, où elle vit Bulbo posant sa tête sur le billot!!! Le bourreau levait déjà sa hache au moment où la princesse arriva tout essoufflée et criant : Grâce! grâce! — Grâce! grâce! cria aussi la foule. Angélica escalada les escaliers de l'échafaud avec l'agilité d'un allumeur de réverbères et se jeta au cou de Bulbo, sans plus de cérémonie, s'écriant :

— Mon prince! mon seigneur! mon Bulbo! Angélica est arrivée à temps pour sauver ta précieuse existence. S'il t'était arrivé malheur, continua-t-elle, Angélica aussi serait morte, en bénissant la mort qui l'aurait réunie à son Bulbo.

— Hein! des goûts et des couleurs on ne discute pas, dit Bulbo, ayant

l'air si embarrassé et si mal à l'aise que la princesse lui demanda, avec les accents les plus tendres, la cause de son trouble.

— Je vais vous dire ce que c'est, Angélica, dit-il : depuis que je suis arrivé, hier, il y a eu tant de tapage, de désordre, de querelles, de batailles, de têtes à couper, et le diable et son train, que j'ai bien envie de m'en retourner en Crim-Tartarie

— Mais avec moi, mon Bulbo! avec moi, mon brave, mon beau
Bulbo!

— Bien, bien, je suppose qu'il faut en passer par le mariage, dit
Bulbo. Docteur, vous êtes venu pour lire le service des morts: lisez le
service du mariage, voulez-vous? puisqu'il faut en passer par là. Cela
contentera Angélica, et puis, pour l'amour de la paix et de la tran-
quillité, nous irons déjeuner!

Tout le temps de la triste cérémonie, Bulbo avait porté à la bouche
une rose. C'était celle avec laquelle nous l'avons vu faire son entrée à
la cour. Cette rose était enchantée, et sa mère lui avait dit qu'il ne
devait jamais s'en séparer. Il l'avait donc gardée entre ses dents, même
quand il avait posé sa pauvre tête sur le billot, espérant vaguement
que quelque chance viendrait le tirer de là. En parlant à Angélica, il ne
pensa plus à la rose, qui, naturellement, tomba de sa bouche. La romanesque princesse se baissa immédiatement et la ramassa.

— Charmante rose! dit-elle, qui as fleuri sur les lèvres de mon Bulbo,
jamais, jamais je ne me séparerai de toi.

Et elle la plaça à son corsage. Vous comprenez que, quelque envie
qu'il eût de le faire, la politesse défendit à Bulbo de la lui redemander.
Ils allèrent déjeuner, et à mesure qu'ils avançaient, il semblait à Bulbo
qu'Angélica devenait plus jolie d'instant en instant.

Et maintenant, chose étrange à dire, c'était Angélica qui trouvait
que le prince n'était plus beau, mais plus du tout; et pas spirituel
non plus; au contraire, très stupide, et pas moitié aussi bien élevé que
Guiglio, mais aussi vulgaire que...

Je n'achève pas, car le roi Valoroso, en colère, criait d'une voix
terrible :

— Tout ça, c'est des bêtises! il faut que cette comédie finisse!
Appelez l'archevêque et que le prince et la princesse soient mariés à
l'instant!

Donc, ils furent mariés et j'aime à croire qu'ils seront heureux.

CHAPITRE XII

Betsinda cependant marchait devant elle, ne sachant où elle allait. Elle marcha, marcha, passa les portes de la ville et continua son chemin sur la route de Crim-Tartarie. — Ah! pensa-t-elle, quand la diligence passa devant elle et que le conducteur joua un joyeux air de cor, comme j'aimerais à être dans cette diligence! Mais la diligence et ses chevaux avec leurs grelots furent bientôt hors de vue.

Peu après passa une charrette revenant du marché, et le conducteur, un brave homme, voyant une si jolie fille seule sur la route et les pieds nus, lui offrit avec bonté une place dans sa charrette. Il lui dit qu'il demeurait sur les limites de la forêt où son père était bûcheron, et que, si elle voulait, il la conduirait jusque chez lui. Comme toutes les routes étaient indifférentes à Betsinda, elle accepta avec reconnaissance.

Le charretier mit une couverture sur ses pieds nus, lui donna du pain et du jambon, et fut très bon pour elle. Malgré tout cela, elle avait grand froid et était bien triste. Après avoir voyagé toute la journée, la nuit vint. Enfin, les voyageurs virent briller une lumière à la fenêtre de la maison du bûcheron. Le bûcheron était un vieillard qui avait une quantité d'enfants. Ceux-ci étaient justement à souper avec de bonne soupe au lait bien chaude, quand le frère aîné arriva avec la charrette.

Aussi ils sautèrent de joie et battirent des mains, car c'étaient de bons enfants, et le frère avait rapporté des jouets de la ville.

Quand ils virent la jolie étrangère, ils coururent à elle, lui dirent de s'approcher du feu et lui donnèrent de bonne soupe au lait.

— Regardez, père, dirent-ils au vieux bûcheron, regardez cette

APRÈS AVOIR VOYAGÉ TOUTE LA JOURNÉE, LA NUIT VINT.

pauvre fille et voyez les jolis pieds qu'elle a ; ils sont aussi blancs que notre lait ; et regardez quel vieux manteau elle a, il est tout à fait semblable au morceau de velours que vous avez dans l'armoire en haut, et que vous avez trouvé dans la forêt le jour où les petits lions furent tués par le roi Padella! Ah! mon Dieu! et, voyez! elle porte, attaché à son cou, un soulier pareil à celui que vous avez rapporté et que vous nous avez montré si souvent : un petit soulier en velours bleu.

— Quoi! dit le vieux bûcheron, qu'est-ce que toute cette histoire de manteau et de soulier?

Alors Betsinda expliqua que lorsqu'elle avait été abandonnée, étant tout enfant, elle portait ce manteau et ce soulier; que des personnes qui avaient eu soin d'elle jusqu'ici étaient fâchées contre elle, — elle espérait bien cependant qu'il n'y avait pas de sa faute, — qu'on l'avait chassée en lui donnant ses vieux habits, et voilà. Il lui semblait qu'elle avait habité, quand elle était toute petite, une grande forêt, — peut-être était-ce un rêve : c'était vraiment si étrange d'avoir vécu dans une grotte avec des lions, — et auparavant d'avoir habité une bien belle maison, aussi belle que celle du roi à la ville.

Quand le bûcheron entendit ces paroles, son étonnement fut si grand qu'il était étonnant de voir combien il était étonné. Il alla à une armoire et sortit d'un bas une pièce de cinq shillings du temps du roi Cavolfiore, et jura que celui qui y était représenté ressemblait tout à fait à la jeune fille.

Puis il alla chercher le soulier et le morceau de velours qu'il avait gardés si longtemps, et les compara à ceux que portait Betsinda. Dans le petit soulier de Betsinda était écrit : *Hopkins, fournisseur de la famille royale*. La même chose était écrite dans l'autre soulier. En dedans du morceau de manteau que portait Betsinda était brodé *Prin... Rosal...* et dans l'autre morceau du manteau était brodé, *cesse, ba, n° 246*. De sorte qu'en les mettant ensemble on lisait: *Princesse Rosalba, n° 246*.

Ce que voyant, le pauvre vieux tomba à genoux, en s'écriant : « Oh! ma princesse, oh! ma gracieuse dame, oh! ma légitime reine de Crim-Tartarie, — je vous salue, — je vous reconnais, — je vous rends hommage! » Et en signe de sa foi il frotta trois fois son vénérable nez sur le plancher, et mit le pied de la princesse sur sa tête.

— Mais, dit-elle, mon brave bûcheron, vous devez être un gentilhomme de la cour de mon royal père! Car dans son humble position, et sous le nom de Betsinda, Sa Majesté Rosalba, reine de Crim-Tartarie, avait lu les coutumes de toutes les cours et nations étrangères.

Oui, ma gracieuse souveraine, je suis en vérité le pauvre lord Spinachi, autrement dit des Épinards, je l'étais du moins jadis. Mais depuis quinze ans que le tyran Padella (puisse la ruine tomber sur le lâche traître!) m'enleva mon titre de premier lord, je ne suis plus qu'un humble bûcheron.

— Premier lord du Cure-Dents et garde-adjoint de la Tabatière, c'étaient-là, s'il m'en souvient bien, les fonctions que vous remplissiez sous le règne de notre royal maître. Elles vous sont rendues, lord Spinachi! Je vous fais chevalier de seconde classe de notre ordre de la Citrouille (la première classe étant uniquement réservée aux têtes couronnées). Relevez-vous, marquis des Épinards! Et, avec une noblesse incomparable, la reine, qui n'avait pas d'épée, passa la cuillère en fer battu dont elle s'était servie pour manger sa soupe au-dessus de la tête du vieux gentilhomme, dont les larmes formaient positivement une mare sur le plancher et dont les chers enfants se couchèrent ce soir-là seigneurs et dames Bartolomeo, Ubaldo, Catarina et Ottavia degli Spinachi!

La connaissance que Sa Majesté avait de l'histoire des familles nobles de son empire était véritablement remarquable. « La maison des Broccoli devait nous être fidèle, dit-elle, ils ont toujours été les bienvenus à notre cour. Est-ce que les Articiocchi se sont, selon leur habitude, tournés vers le soleil levant? La famille des Sauerkraut (Choucroute) doit certainement être avec nous, — ils ont toujours été bien reçus chez le roi Cavolfiore. » Et elle continua ainsi l'énumération de toute une liste de la noblesse et des familles distinguées de la Crim-Tartarie, tant Sa Majesté avait profité des études qu'elle avait faites durant son exil.

Le vieux marquis Spinachi dit qu'il pouvait répondre pour eux tous, que tout le pays gémissait et maugréait contre la tyrannie de Padella, et quil lui tardait de revoir sa souveraine légitime. Malgré l'heure avancée, quand son fils aîné, qui avait frotté les chevaux et leur avait donné à manger, entra pour souper, le marquis lui dit de mettre ses bottes, de seller la jument et d'aller à la recherche de tels et tels nobles seigneurs.

Quand le jeune homme apprit qui était sa compagne de route, lui aussi se mit à genoux et posa le royal pied de Rosalba sur sa tête, lui

LE PARTI DE LA FIDÉLITÉ N'ÉTAIT EN VÉRITÉ COMPOSÉ QUE D'UN PETIT NOMBRE.

aussi inonda le plancher de ses larmes, puis il accomplit les ordres de son père, de sorte que tous les lords de Crim-Tartarie, restés fidèles à la maison de Cavolfiore, accoururent de l'est et de l'ouest à l'appel du marquis Spinachi. C'étaient pour la plupart des messieurs fort âgés. Puis la princesse alla de château en château, puis les nobles lui ren-, dirent visite, eurent des réunions, rédigèrent des proclamations et des contre-proclamations, se distribuèrent les meilleures places du royaume et choisirent dans le parti ennemi ceux qui seraient décapités quand la reine viendrait à régner. Et ainsi, au bout d'un an, ils furent prêts à marcher pour reconquérir le royaume de Crim-Tartarie.

Le parti de la Fidélité n'était en vérité composé que d'un petit nombre de vieux bons hommes dont la plupart étaient écloppés. Ils se promenèrent cependant par le pays, en brandissant leurs sabres et leurs drapeaux, et en criant : Dieu sauve la reine! Le roi Padella se trouvait par hasard absent, en train de faire une invasion chez quelqu'un de ses voisins; aussi ils en firent à peu près à leur guise, et chaque fois que le peuple voyait la reine: il en était enthousiasmé. Mais autrement, le commun des mortels prenait les choses très tranquillement, se souvenant que les impôts étaient aussi élevés sous le règne de Cavolfiore que sous le règne de Padella.

CHAPITRE XIII

Sa Majesté, n'ayant rien de mieux à donner, faisait de tous ses suivants des chevaliers de la Citrouille, des marquis, des comtes, des barons. Ils formèrent une petite cour autour d'elle, et lui firent fabriquer une petite couronne de papier doré et une robe de velours de coton; ensuite ils se querellèrent à propos des places à donner dans sa cour, et des rangs, et de la préséance, et des dignités. — Vous ne pouvez pas vous imaginer combien ils se querellèrent! Dès le premier mois, la pauvre reine était déjà fatiguée de tous ces honneurs, et je pense qu'elle regrettait quelquefois le temps où elle n'était que simple femme de chambre. Mais nous devons tous faire notre devoir dans nos positions respectives, de sorte que la reine se résigna à accomplir le sien.

Nous avons dit pourquoi les armées de l'usurpateur ne vinrent pas immédiatement combattre cette armée de la Fidélité. Celle-ci avançait aussi vite que le permettait la goutte des principaux chefs; elle se composait de deux fois autant d'officiers que de soldats, et arriva, à la longue, près des terres d'un des seigneurs les plus puissants du pays, qui ne s'était pas déclaré pour la reine, mais dont son parti espérait beaucoup, parce qu'il était toujours en querelle avec le roi Padella.

Quand ils arrivèrent aux grilles du parc, ce gentilhomme fit dire qu'il recevrait Sa Majesté. C'était un très puissant guerrier, il s'appelait le comte Hogginarmo. Il fallait deux nègres très forts pour porter sa cuirasse. Il s'agenouilla devant Rosalba et dit : — Madame et noble dame, il est convenable que tous les nobles du royaume de Crim-Tartarie montrent tous les signes de respect à celle qui porte une couronne. L'audacieux Hogginarmo plie le genou devant la première dame de l'aristocratie de son pays.

Rosalba répondit que l'audacieux comte Hogginarmo était infiniment bon; mais elle avait peur de lui, même pendant qu'il était à genoux, car il la regardait d'un air farouche à travers ses moustaches, dont les pointes se relevaient jusqu'à la hauteur de ses yeux.

— Madame, continua le comte, ma main est libre, je vous l'offre, et je mets mon cœur et mon épée à votre service! Mes trois femmes sont mortes et enterrées dans le caveau de mes ancêtres. Il n'y a qu'un an que la troisième est morte, et depuis je suis dans l'attente d'une compagne! Daignez être la mienne, et je jure de vous servir à votre repas de noce la tête du roi Padella; les yeux et le nez de son fils le prince Bulbo; la main droite et les oreilles de l'usurpateur régnant en Paphlagonie, qui deviendra dès lors un apanage de votre... de notre couronne! Dites oui; Hogginarmo n'est pas habitué à être contredit. En vérité, je ne puis considérer la possibilité d'un refus, car les résultats en seraient effrayants. Je lis votre consentement dans les yeux charmants de Votre Majesté; vos regards remplissent mon âme de bonheur.

— Oh! Monsieur! dit Rosalba terrifiée, en retirant sa main, Votre Seigneurie est bien bonne; mais je suis fâchée de vous dire que j'ai un engagement antérieur avec un jeune gentilhomme du nom de... du nom de prince... Guiglio... et jamais... jamais je n'en épouserai un autre que lui.

Qui pourra décrire la colère d'Hogginarmo à cette réponse? Il se releva en grinçant des dents tellement fort que le feu lui sortait par la bouche.

Tout en se livrant à cet accès de rage, Hogginarmo parlait un langage si violent que cette plume ne le répétera jamais. R-r-r-r-r-r — repoussé! Malédiction et perdition! l'audacieux Hogginarmo repoussé!

DONNANT UN COUP DE PIED AUX DEUX NÈGRES.

Le monde entier entendra parler de ma fureur! et vous, Madame, vous plus que tout autre en subirez les conséquences! Alors, donnant un coup de pied aux deux nègres qui étaient devant lui, il sortit avec précipitation, ses moustaches ondulant au vent.

Le conseil privé de Sa Majesté eut une panique terrible en apercevant Hogginarmo qui sortait de son entrevue avec la reine dans une rage folle, et se servait des pauvres nègres comme de balles élastiques.

Cette panique ne fut que trop justifiée par les événements : car, comme ces pauvres conseillers sortaient très abattus du parc de Hogginarmo, ils furent rejoints par ce chef féroce et quelques-uns de ses compagnons, qui les coupèrent, les tailladèrent, les sabrèrent, les hachèrent, firent la reine prisonnière, et envoyèrent l'armée de la Fidélité au diable.

Pauvre reine! Hogginarmo, son vainqueur, ne voulut même pas la

QUI LES COUPÈRENT, LES TAILLADÈRENT ET LES SABRÈRENT.

voir. — Prenez un fourgon! dit-il à ses valets, enfermez-y la princesse et envoyez-la au roi Padella avec mes compliments.

En même temps que sa charmante prisonnière, Hogginarmo envoya une lettre remplie de flatteries pour le roi Padella, et pour toute sa royale famille; il promettait de venir bientôt présenter ses humbles hommages à son auguste maître, le priant de le considérer comme un de ses plus loyaux et plus fidèles serviteurs. Mais un rusé compère comme le roi Padella ne devait pas se laisser prendre aux flagorneries de maître Hogginarmo, et vous saurez tout à l'heure comment le tyran traita son vassal fanfaron.

Donc la pauvre reine resta couchée sur la paille de son fourgon pendant je ne sais combien de lieues, jusqu'à ce qu'elle atteignît l'endroit où séjournait la cour. Le roi Padella venait d'y arriver, après avoir vaincu tous ses ennemis, en avoir assassiné le plus grand nombre, et avoir ramené les plus riches comme prisonniers, afin de les torturer pour savoir où ils avaient caché leurs trésors.

Rosalba entendit leurs cris et leurs gémissements du donjon où on

LA PORTE S'OUVRIT ET LE TERRIBLE PADELLA ENTRA

l'avait jetée. C'était un affreux trou noir plein de chauves-souris, de rats, de crapauds, de grenouilles, de moustiques, de punaises, de puces, de serpents et de toute espèce de bêtes. Mais ces bêtes ne firent pas le moindre mal à Rosalba. Bien au contraire, les crapauds venaient lui baiser les pieds, les vipères s'enroulaient autour de son cou et de ses bras sans jamais chercher à la piquer, et même un chat (ces animaux voient clair la nuit), ayant fixé ses yeux verts sur elle, ne voulut jamais retourner chez la femme du geôlier à qui il appartenait, tant la pauvre princesse était charmante dans son malheur.

Après qu'on l'eut laissée dans le donjon (je ne sais combien de temps!), la porte s'ouvrit, et le terrible roi Padella entra.

Mais ce qu'il dit et fit doit être réservé pour un autre chapitre, car il nous faut maintenant revenir à Guiglio.

CHAPITRE XIV

CE QU'IL ADVIENT DE GUIGLIO

L'idée d'épouser une si vilaine vieille créature que la comtesse Grouffanoff avait tellement épouvanté Guiglio, qu'il courut à sa chambre, fit ses paquets, appela deux commissionnaires et prit la diligence en un clin d'œil.

Ce fut bien heureux pour lui qu'il fût si prompt, et qu'il ne lambinât pas avec ses paquets ; car aussitôt qu'on s'aperçut de l'erreur qui avait été commise envers le prince Bulbo, Glomboso envoya deux sergents de ville à la chambre du prince Guiglio avec l'ordre de l'arrêter, de le conduire à la place des exécutions et de lui faire couper la tête avant midi. Mais la diligence avait déjà dépassé les frontières paphlagoniennes depuis deux heures ; et j'ai bien idée que le courrier qu'on envoya après le prince Guiglio n'alla pas plus vite qu'il ne fallait : car beaucoup de personnes en Paphlagonie aimaient Guiglio, parce qu'il était le fils de leur ancien monarque, prince qui, malgré sa faiblesse, valait un peu mieux que son frère, le monarque régnant.

Le roi Valoroso, après avoir donné ordre qu'on poursuivît son neveu, ne s'occupa plus que de bals, de mascarades, de parties de chasse, et de toutes sortes de fêtes qu'il jugea à propos de donner à l'occasion du mariage de sa fille avec le prince Bulbo ; et nous devons espérer qu'au fond de son cœur il n'était pas fâché de savoir que le fils de son frère avait échappé à l'échafaud.

Il faisait très froid, la neige couvrait la terre, et Guiglio, qui s'était fait connaître simplement sous le nom de M. Giles, fut très content de

trouver une bonne place dans le coupé de la diligence, où il se trouva en compagnie du conducteur et d'un autre monsieur. Au premier relai important de Blombodinga, pendant que l'on s'était arrêté pour changer de chevaux, une jeune femme, d'un aspect vulgaire et d'une figure commune, portant un sac sous le bras, demanda s'il n'y avait pas encore une place. Toutes les places de l'intérieur étaient prises. On dit donc à la femme que, si elle voulait partir, elle serait obligée de se contenter d'une place d'impériale; le voyageur qui était avec Guiglio dans le coupé (personnage bien malhonnête, il me semble) mit la tête à la portière et dit : — Un bon temps pour voyager sur l'impériale! Je vous souhaite un bon voyage, ma belle! — La pauvre femme toussait beaucoup, si bien que Guiglio en eut pitié. — Je lui donnerai ma place, dit-il, plutôt que de la voir voyager à l'air avec une si vilaine toux.

IL MIT LA TÊTE A LA PORTIÈRE ET DIT...

Sur quoi le voyageur mal élevé dit à son tour : — Un *muff* ne lui ferait pas de mal, voulant sans doute parler d'un manchon, appelé *muff* dans certains pays.

Pour toute réponse, Guiglio, qui sans doute avait mal entendu, lui donna un soufflet, et lui conseilla de ne plus l'appeler *mufle* à l'avenir.

Puis il monta gaiement sur le haut de la diligence, et s'arrangea chaudement dans la paille. Le voyageur mal élevé descendit à la station suivante, et Guiglio alla reprendre sa place. Il se mit à causer avec sa voisine, qui paraissait être la plus aimable, la mieux informée et la plus communicative des femmes. Ils voyagèrent toute la nuit et elle donna à Guiglio toutes sortes de choses qu'elle tirait de son sac, qui, véritablement, semblait contenir une merveilleuse collection d'objets. Avait-il soif? elle en tirait une bouteille de bière anglaise et une timbale d'argent. Avait-il faim? elle en sortait un poulet froid, des tranches de jambon, du pain, du sel, un délicieux morceau de plum-pudding et un petit verre de cognac pour finir.

Pendant que roulait la diligence, la femme à l'air commun parla à Guiglio de toutes sortes de choses, au sujet desquelles le pauvre prince montrait autant d'ignorance qu'elle-même montrait de savoir. Il dut avouer, en rougissant beaucoup, que son éducation avait été fort négligée :

— Mon cher Guiglio..., mon bon monsieur Giles, dit la dame en se reprenant, vous êtes jeune; vous avez du temps devant vous. Que pourriez vous mieux faire que de vous instruire? Qui sait si un jour vous n'aurez pas besoin de votre savoir? Quand... Quand...

— Grand Dieu! madame, dit Guiglio, est-ce que vous me connaîtriez?

— Je connais beaucoup de choses, dit la dame. J'ai été invitée au baptême de certaines personnes et j'ai été chassée de chez d'autres. J'ai vu certaines gens gâtées par leur bonheur, et d'autres, je l'espère, améliorées par l'adversité. Je vous conseille de descendre à la ville où la diligence s'arrête pour la nuit. Restez-y, étudiez et souvenez-vous de la vieille amie pour laquelle vous avez été bon.

— Et quelle est ma vieille amie? dit Guiglio.

— Quand vous aurez besoin de quelque chose, dit la dame, cherchez dans ce sac, dont je vous fais cadeau, et remerciez...

— Remerciez qui, madame! dit-il.

— La fée Blackstick, dit la dame en disparaissant par la fenêtre.

Lorsque, quelque temps après, la voiture s'arrêta et que Guiglio demanda au conducteur s'il connaissait cette dame, celui-ci répondit :

— Quelle dame? Je n'ai vu aucune dame dans la voiture, excepté la vieille qui est sortie à la dernière station. Guiglio pensait avoir rêvé;

seulement le sac que lui avait donné Blackstick était à côté de lui ; en arrivant à la ville, il le prit et entra à l'auberge.

On lui donna une très mauvaise chambre, et quand il se réveilla le lendemain matin, se croyant toujours au palais, il se mit à appeler : Jean, Charles, Thomas ! mon chocolat, ma robe de chambre, mes pantouffles ! Mais personne ne vint. Il n'y avait pas de sonnette, de sorte qu'il dut aller sur le palier pour appeler le garçon. La propriétaire monta.

— Qu'avez vous à crier et à beugler ainsi, jeune homme ? demanda-t-elle.

— Je n'ai pas d'eau chaude ; il n'y a donc pas de domestiques dans votre maison ? mes bottes ne sont seulement pas cirées !

— Hi ! hi ! cirez-les vous-même ! dit la propriétaire ; vous autres étudiants vous vous donnez de jolis airs !

— Je quitterai la maison à l'instant, dit Guiglio.

— Le plus tôt sera le mieux, jeune homme. Payez votre compte et partez, j'ai besoin de toutes mes chambres pour des gens bien élevés et non pas pour des tapageurs comme vous.

— Vous faites bien d'appeler votre auberge l'*Auberge de l'Ours*, dit Guiglio. Vous devriez vous faire peindre comme enseigne.

La propriétaire, après avoir bien crié, s'en alla en grommelant, et Guiglio retourna dans sa chambre où la première chose qu'il vit fut le sac enchanté qui était sur la table et qui semblait agité par de petites secousses. — J'espère qu'il contient de quoi déjeuner, dit Guiglio, car il me reste très peu d'argent. — Il ouvrit donc le sac... et que pensez-vous qu'il trouva ? Tout simplement une brosse à cirage et un pot du meilleur cirage sur lequel était écrit : Les jeunes gens pauvres doivent cirer leurs bottes. Servez-vous de moi, bouchez-moi et resserrez-moi avec soin.

Guiglio se mit à rire, cira ses bottes et remit la brosse et le cirage dans le sac.

Quand il eut fini de s'habiller, le sac donna une autre secousse; il alla l'ouvrir et en sortit :

Une nappe et une serviette ;

Un sucrier rempli du meilleur sucre ;

LA PROPRIÉTAIRE, APRÈS AVOIR BIEN CRIÉ...

Deux fourchettes, deux cuillers, deux couteaux, une paire de pinces à sucre et un couteau à beurre, le tout au chiffre G ;

Une soucoupe, une tasse et un bol ;

Un pot plein de délicieuse crème ;

Une boîte de thé vert et noir ;

Une bouilloire remplie d'eau bouillante ;

Une casserole contenant trois œufs cuits à point ;

Un bon morceau de beurre frais ;

Un pain bis.

Et s'il n'y avait pas là de quoi faire un bon déjeuner, je voudrais bien savoir ce qu'il lui fallait, à ce prince !

Quand il eut déjeuné, Guiglio remit tous ces objets dans le sac et sortit à la recherche d'un logement. J'ai oublié de dire que cette célèbre ville universitaire s'appelait Bosforo.

Il prit un logement modeste en face des écoles, paya son compte à l'auberge et se rendit à son appartement avec sa valise, son sac de nuit, et, — vous pouvez être sûr qu'il ne l'oublia pas, — avec son autre sac.

Lorsqu'il ouvrit sa valise, que la veille il avait remplie de ses meilleurs habits, il n'y trouva que des livres. Dans le premier qu'il ouvrit, il lut ces mots :

— Des habits pour le corps, des livres pour l'intelligence ; lisez-moi et ne m'oubliez pas quand vous m'aurez lu.

Guiglio ouvrit ensuite son sac de nuit et y trouva le costume et la casquette d'un étudiant, une main de papier, un encrier, des plumes et un dictionnaire dont il avait grand besoin, car il avait fort négligé son orthographe.

Il se mit au travail et travailla beaucoup. Pendant toute l'année, M. Giles fut donné en exemple à tous les étudiants de l'université de Bosforo. Il ne se mêla jamais aux émeutes et ne fit pas de tapage. Tous les professeurs disaient du bien de lui, et tous les étudiants l'aimaient. Aussi, quand après l'examen, il remporta tous les prix, c'est-à-dire ceux d'orthographe, d'écriture, d'histoire moderne, d'histoire ancienne, de français, d'arithmétique, de latin et de bonne conduite, tous ses camades crièrent : — Bravo ! bravo ! Vive Giles ! Giles est un bon garçon, la crème des étudiants. Vive Giles ! Et il rapporta chez lui une quantité de médailles, de couronnes, de livres et toute espèce de témoignages de satisfaction.

Le lendemain du jour des examens, il était au café avec deux de ses amis (vous ai-je dit que tous les samedis soir il trouvait dans son sac juste de quoi payer ses comptes et une guinée en plus comme argent de poche? Je ne vous l'ai pas dit? eh bien, c'est aussi vrai que deux fois vingt font quarante-cinq), étant donc au café avec ses amis, il jeta les yeux par hasard sur la *Chronique de Bosforo* et lut couramment ce qui suit (car maintenant il lisait et écrivait couramment les mots les plus longs) :

IL JETA LES YEUX SUR LA *Chronique de Bosforo.*

« *Histoire romanesque.* — Un des événements les plus extraordinaires dont nous ayons jamais entendu parler a mis en émoi la Crim-Tartarie. On se rappelle que Sa Majesté le roi Padella prit possession du trône, après avoir vaincu le feu roi Cavolfiore à la terrible bataille de Blounderbusco. La fille unique de ce roi, la princesse Rosalba, ne fut pas retrouvée au royal palais quand le roi Padella en prit possession; le bruit courut alors qu'ayant été abandonnée par tout le monde, elle s'était perdue dans la forêt et y avait été dévorée par ces féroces lions qui furent pris depuis et conduits à la tour, après avoir tué plusieurs milliers de personnes.

» Sa Majesté le roi Padella, dont le bon cœur est connu de tout le monde, fut très peiné de l'accident qui était arrivé à l'innocente petite princesse, dont la mort paraissait être certaine. Un lambeau de manteau et un petit soulier furent trouvés dans la forêt, à une partie de chasse, pendant laquelle l'intrépide souverain de Crim-Tartarie tua de sa propre main deux petits lionceaux. Ces intéressantes reliques furent conservées par celui qui les avait trouvées, le baron Degli Spinachi, autrefois officier de la maison de Cavolfiore. Le baron fut disgracié à cause de ses sentiments bien connus pour|le roi défunt, et vécut depuis dans l'humble position de bûcheron, dans une des forêts qui limitent le royaume de Crim-Tartarie.

» Il y a eu huit jours mardi dernier, le baron Degli Spinachi et plusieurs autres gentilshommes de la dernière dynastie, firent leur apparition en armes dans la capitale du roi Padella, en criant : — Dieu protège la reine Rosalba, première reine de Crim-Tatarie! Ils entouraient une dame que le rapport dit être fort belle.

» Cette personne, s'appelant Rosalba, déclare qu'il y a quinze ans environ, elle fut emmenée hors de la forêt par une dame, portée sur un char traîné par des dragons (ce récit paraît certainement improbable); qu'elle fut laissée dans le jardin du palais de Blombodinga, où Son Altesse Royale la princesse Angélica, maintenant mariée à Son Altesse Royale Bulbo, prince héritier de Crim-Tartarie, trouva l'enfant et, avec cette bonté charmante qui distingue l'héritière du trône de Paphlagonie, donna à la petite abandonnée un abri dans le palais. Ses parents étant inconnus et sa mise des plus humbles, elle fut placée au palais dans une position inférieure sous le nom de Betsinda.

» Elle ne contenta pas ses maîtres et fut renvoyée, emportant avec elle un morceau de manteau et un soulier qu'elle portait quand on la trouva. D'après ce qu'elle dit, elle quitta Blombodinga il y a à peu près un an, et depuis ce temps elle vécut dans la famille de Spinachi. Le matin même de son départ, le prince Guiglio, neveu du roi de Paphlagonie, jeune homme qui était à vrai dire très ignorant et très désordonné, quitta aussi Blombodinga, et depuis on n'en a plus entendu parler! »

— Quelle histoire extraordinaire ! dirent Smith et Jones, deux jeunes étudiants, amis intimes de Guiglio, pendant que celui-ci continuait à lire :

« *Seconde édition.* — Dernières dépêches. — La troupe, sous les ordres du Baron Degli Spinachi, a été surprise et complètement mise en déroute par le général comte Hogginarmo, et la soi-disant princesse a été envoyée comme prisonnière à la capitale. »

Le journal contenait encore ce qui suit :

« *Nouvelles de l'université.* — Hier, le jeune et distingué étudiant, M. Giles, a lu un discours latin, a été conplimenté par le chancelier de Bosforo, docteur Prugnaro, qui lui a décerné les honneurs les plus élevés de l'Université, y compris la cuiller de bois. »

Laissez ces bêtises, dit Giles très ému. Venez chez moi, mes amis. Brave Smith ! intrépide Jones ! compagnons de mes études, de mes travaux académiques, j'ai quelque chose à vous dire qui vous étonnera grandement.

— Allons-y, mon vieux ! s'écria l'impétueux Smith.

— Passez devant, camarade ! dit le joyeux Jones.

D'un air de dignité indescriptible, Guiglio arrêta leur élan.

— Jones, Smith, mes bons amis, il est inutile de dissimiler plus longtemps : je ne suis plus l'humble étudiant Giles, je suis le descendant d'une famille royale.

— Bon ! bon ! vieux cop..., cria Jones. Il allait dire vieux copain ; mais un regard de l'œil royal l'eut bientôt rappelé au sentiment de la situation.

— Mes amis, continua le prince, je suis Guiglio. Je représente la

Paphlagonie. Relevez-vous, Smith, ne vous agenouillez pas dans la rue. Jones, excellent cœur! Mon traitre d'oncle m'enleva, quand j'étais encore tout enfant, la couronne que mon père m'avait laissée et m'éleva dans l'ignorance de mes droits. Si je faisais quelque allusion au tort qu'on m'avait fait, il me calmait en me promettant une réhabilitation prochaine. J'épouserais, disait-il, sa fille, la jeune Angélica, et tous les deux nous régnerions sur la Paphlagonie. Ces paroles étaient fausses, aussi fausses que le cœur d'Angélica! aussi fausses que les cheveux, les dents, les couleurs d'Angélica! Elle jeta ses yeux louches sur le jeune Bulbo, le stupide héritier de Crim-Tartarie, et elle le préféra à moi. C'est alors que je tournai mes yeux sur Betsinda, — maintenant Rosalba. Je la vis dans tout l'éclat de sa jeunesse et de sa beauté, la rose de la modestie, la nymphe que mon cœur voyait en rêve, etc.,etc.

Je ne continue pas ce discours, qui fut très beau, quoique très long; Smith et Jones ne connaissaient pas l'histoire; mais vous, chers lecteurs, vous la connaissez : donc je passe à autre chose.

Le prince et ses jeunes amis s'empressèrent de rentrer chez Guiglio grandement excités sans doute par cette histoire et aussi par la manière admirable dont le narrateur royal l'avait racontée. Ils se précipitèrent dans la chambre du prince.

Sur le bureau était son sac, qui était devenu si long, si long, que le prince ne pouvait faire autrement que de le remarquer. Il l'ouvrit et que pensez vous qu'il y trouva?

Une magnifique épée à poignée d'or dans un fourreau de velours rouge, sur lequel était brodé : « Rosalba pour toujours! »

Il tira l'épée qui étincela et illumina toute la chambre et s'écria : « Rosalba pour toujours! » Smith et Jones firent de même, mais d'un ton très respectueux cette fois-ci et prenant modèle sur son Altesse Royale

Tout d'un coup sa valise s'ouvrit d'elle-même, et il y vit une couronne d'or garnie de trois plumes d'autruche, un bouclier magnifique én acier brillant, une cuirrasse, une paire d'éperons, enfin une armure complète.

Les livres qui étaient dans la bibliothèque avaient tous disparu. A la place des gros dictionnaires, les amis de Guiglio trouvèrent deux paires de bottes à l'écuyère marquées : « Lieutenant Smith, lieutenant

IL TIRA L'ÉPÉE QUI ÉTINCELA ET ILLUMINA TOUTE LA CHAMBRE.

Jones » ; elles leur allaient à ravir ; de plus ils trouvèrent des boucliers, des cuirrasses, des épées, etc.

Ce soir-là on aurait pu voir trois cavaliers sortir des portes de Bosforo ; les portiers, les gardes, etc., n'auraient jamais pensé à reconnaître en eux le jeune prince et ses amis. Ils se procurèrent des chevaux chez un loueur, les enfourchèrent et ne s'arrêtèrent que lorsqu'ils parvinrent à la dernière ville, sur la frontière du royaume de Crim-Tartarie. Là, comme les chevaux étaient fatigués et les cavaliers affamés, on s'arrêta pour se reposer et se rafraîchir. Je pourrais faire un chapitre là-dessus, si je voulais; car, voyez-vous, j'aime à servir la bonne mesure, c'est-à-dire à vous en donner pour votre argent; nos voyageurs donc s'installèrent sur le balcon de l'hôtel et se firent monter du pain, du fromage et de la bière. Pendant qu'ils se rafraîchissaient, ils entendirent un son de tambours et de trompettes qui se rapprochait peu à peu; bientôt la place du marché fut remplie de soldats et Son Altesse Royale put reconnaître les drapeaux paphlagoniens et l'air national de Paphlagonie joué par la musique militaire.

Les troupes se dirigèrent immédiatement vers l'hôtel, et Guiglio s'écria en regardant leur chef :

— Que vois-je ? Oui ! non ! c'est lui ! Non, ça ne se peut pas ! Si ! c'est mon ami, mon brave et fidèle vétéran, le capitaine Headsoff ! Holà, Headsoff ! Ne reconnais-tu pas ton prince, ton Guiglio ?

— Mon bon seigneur ! s'écria le capitaine.

—Dites-moi, que signifie toute cette armée ? continua Son Altesse Royale du haut du balcon, et où sont mes Paphlagoniens ?

Headsoff baissa la tête.

—Monseigneur, dit-il, nous sommes les alliés du grand Padella, monarque de Crim-Tartarie.

Alliés de l'usurpateur de Crim-Tartarie, brave Headsoff ! alliés du tyran de Crim-Tartarie, honnête Headsoff !

— Un soldat, prince, doit obéir aux ordres qui lui sont donnés : il m'est ordonné d'aider Sa Majesté Padella à vaincre ses ennemis. Et aussi, quoi que j'aie pu faire pour m'en défendre, d'arrêter partout où je le trouverai...

— D'arrêter qui, brave Headsoff?

— D'arrêter partout où je le trouverai le seigneur Guiglio, ex-prince de Paphlagonie, continua Headsoff avec une émotion indescriptible.

Mon prince, rendez votre épée sans plus tarder. Voyez! nous sommes trente mille contre un!

— Rendre mon épée! moi, Guiglio, rendre mon épée! s'écria le prince; et, s'avançant sur le bord du balcon, le prince royal prononça, sans aucune préparation, un discours tellement magnifique qu'aucun

LE PRINCE PRONONÇA UN DISCOURS.

compte rendu ne peut en faire un éloge suffisant. Il était entièrement en prose poétique (car Guiglio parlait maintenant ce langage comme étant plus en rapport avec sa position majestueuse). Ce discours dura trois jours et trois nuits, et pendant tout ce temps, pas une personne ne fut fatiguée de l'entendre, ni ne s'aperçut seulement de la différence qu'il y avait entre le jour et la nuit. Les soldats applaudissaient furieu-

sement quand par hasard, une fois toutes les trois heures, le prince
s'arrêtait pour sucer une orange que Jones sortait du sac. Il expliqua,
en termes que nous n'essayerons pas de reproduire, toute l'histoire de
la transaction faite à son désavantage, et sa détermination non seulement de ne pas rendre son épée, mais encore de reconquérir la couronne. À la fin de cet effort extraordinaire et vraiment gigantesque, le
capitaine Headsoff lança son bouclier en l'air en criant : Hourrah!
hourrah! Vive le roi Guiglio!

Tel fut le résultat des études que le prince avait faites à l'Université!

Quand l'excitation fut un peu calmée, on commanda de la bière pour
toute l'armée, et le souverain lui-même ne dédaigna pas d'en prendre un
peu! Ce fut alors avec quelque effroi que le capitaine Headsoff avoua
que sa division n'était que l'avant-garde de l'armée paphlagonienne,
en route pour aller à marches forcées au secours du roi Padella. La plus
grande partie de l'armée était à une distance d'une journée de marche,
sous les ordres de S. A. R. le prince Bulbo.

—Nous l'attendrons ici, mon ami, nous battrons le prince, dit Sa
Majesté, et après nous ferons faire la grimace à son royal père.

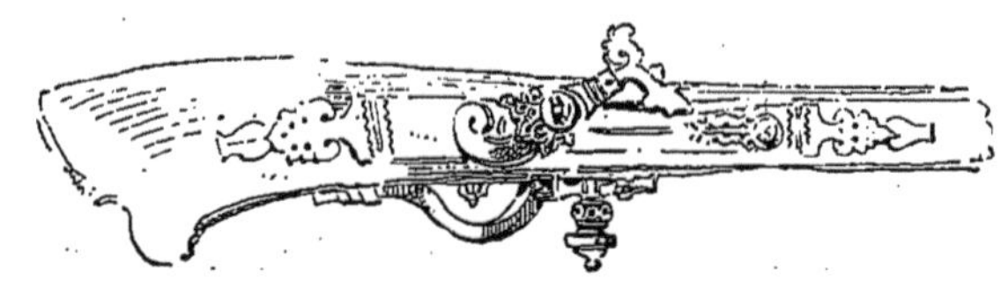

CHAPITRE XV

Le roi Padella fit à Rosalba les mêmes propositions que celles qui lui avaient été faites par le comte Hogginarmo. Sa majesté était veuve, et il offrit à sa prisonnière de l'épouser à l'instant; mais Rosalba refusa son offre, toujours de la même manière polie, en disant qu'elle n'épouserait que le prince Guiglio. Ayant essayé en vain des larmes et des supplications, Padella menaça Rosalba de la torture; mais celle-ci déclara qu'elle souffrirait tout plutôt que d'accepter la main de celui qui avait été le meurtrier de son père; finalement, le roi la quitta dans une colère indescriptible et l'avertit de se préparer à la mort pour le lendemain matin.

Le roi passa toute le nuit à réfléchir au genre de mort qu'il ferait subir à cette obstinée jeune personne. A la fin, il se souvint qu'on lui avait, dernièrement, fait cadeau d'une paire de lions, et il résolut de faire dévorer la pauvre Rosalba par ces animaux. Près du château était un amphithéâtre, près duquel les lions étaient enfermés; on entendait leurs rugissements dans toute la cité, et, je suis fâché de le dire, mais tous les habitants arrivèrent en foule pour voir une jeune fille dévorée par ces bêtes féroces.

Le roi prit place dans la loge royale; il était entouré des officiers de la cour, et près de lui était le comte Hogginarmo. On amena la princesse en chemise de nuit.

Avec toute sa magnifique chevelure tombant presque à ses pieds, elle était si jolie ainsi, que même les hallebardiers et les gardiens des lions ne pouvaient s'empêcher de verser des larmes de pitié en la

ON AMENA LA PRINCESSE EN CHEMISE DE NUIT.

regardant. Elle s'avança avec ses pauvres petits pieds nus (heureusement l'arène était couverte de sciure de bois), et alla s'appuyer contre une grosse pierre qui était au milieu de l'amphithéâtre ; tout autour étaient rangés la cour et le peuple dans des loges soigneusement grillées, afin d'être à l'abri des lions qui rugissaient si terriblement. Et alors les portes de la cage où étaient renfermés les animaux furent ouvertes et deux grands lions maigres et affamés s'élancèrent avec des cris formidables hors de leur cage où on les avait gardés pendant trois semaines sans leur donner autre chose qu'un peu de pain grillé et d'eau. Ils coururent droit sur la pierre où était appuyée la pauvre Rosalba. — Priez pour elle, braves gens, car elle est dans une position terrible !

Il y eut un mouvement d'émotion dans tout le cirque, et même le féroce roi Padella sentit quelque compassion. Mais le comte Hoggi-

DEUX GRANDS LIONS S'ÉLANCÈRENT.

narmo, qui était près de Sa Majesté, s'écria : — Hourrah ! allez-y ! Soo-soo-soo, ainsi qu'il faisait à la chasse pour exciter les chiens. Ce seigneur était encore furieux du refus de Rosalba.

Mais, ô spectacle étrange et qui, j'en suis sûr, vous aurait stupéfiés ! quand les lions arrivèrent sur Rosalba, au lieu de la déchirer de leurs dents et de leurs griffes, ils se couchèrent à ses pieds et semblèrent lui dire : — Chère, chère petite sœur, ne te souviens-tu plus de tes frères de la forêt ? — Alors Rosalba entoura leurs cous de ses jolis bras blancs et les embrassa.

Le roi Padella fut étonné autant que vous l'auriez été vous-mêmes et le comte Hogginarmo s'écria:

— Quelle plaisanterie! ces lions sont des bêtes apprivoisées, de chez Bidel ou Delmonico, ou bien ce sont des petits garçons déguisés. Ces animaux-là n'ont jamais été des lions! C'est une honte de se moquer des gens de cette façon!

— Comment! s'écria à son tour le roi Padella, vous osez dire à votre souverain que ces lions ne sont pas des lions? Holà! mes hallebardiers! Holà, mes gardes, saisissez le comte Hogginarmo et jetez-le dans le cirque! Donnez-lui une épée et un bouclier; il peut garder toute son armure, et qu'il combatte ces lions. Il verra si ce sont des lions véritables.

Le fier Hogginarmo posa sa lorgnette sur le bord de la loge, et lançant un regard féroce au roi, à sa cour et aux gardes.

— Ne me touchez pas, dit-il, ou par saint Nicolas, je vous sabre! Votre Majesté pense que Hogginarmo a peur? Non, pas de cent mille lions! Suivez-moi dans le cirque, roi Padella, et combattez une de ces bêtes-là. Vous n'osez pas, eh bien! je combattrai les deux.

Et ouvrant la grille de la loge il sauta dans le cirque.

Wouarra, wouarra, wouarra, waar-arr-arr-arr!!!

En moins de deux minutes le comte Hogginarmo fut dévoré par les lions, os, bottes et tout, et c'en fut fait de lui.

En voyant ce qui était arrivé, le roi Padella s'écria:

— Ce coquin de rebelle n'a que ce qu'il mérite! et maintenant, puisque les lions ne veulent pas dévorer cette jeune fille...

— Qu'on la mette en liberté... en liberté! criait la foule.

— Non! non! rugit le roi, que les hallebardiers descendent, qu'ils la coupent en mille morceaux. Si les lions la défendent que les archers les fusillent. J'ordonne qu'elle meure dans les tortures!

— C'est honteux! cria la foule.

— Qui ose crier c'est honteux? vociféra le potentat en fureur, le premier qui ose dire un mot sera jeté aux lions.

— Je vous garantis qu'il y eut un silence de mort qui ne fut rompu que par le galop d'un cheval. Pang arang!!! pang!!! pang arang!!! pang!!! et un chevalier fit son entrée par l'autre porte du cirque. Il était armé de pied en cap, avait sa visière relevée et portait une lettre au bout de son épée.

— Ah! s'écria le roi, par ma foi, voici le hérault d'armes de mon frère de Paphlagonie, et le chevalier, si ma mémoire est bonne, est le brave capitaine Headzoff! Quelles nouvelles de Paphlagonie, brave Headzoff? Hérault d'armes, souffler dans la trompette doit t'avoir donné soif? Qu'est-ce que ce fidèle courrier veut boire?

— Nous préférons d'abord faire notre commission à Votre Seigneurie, dit le capitaine Headzoff. Avant de prendre aucun rafraîchissement, permettez-moi donc de vous lire le message de notre roi.

— Ma Seigneurie, ah! dit le roi de Crim-Tartarie en fronçant terriblement le sourcil, ce titre paraît étrange aux oreilles d'un roi couronné. Allons, dites votre message, chevalier!

Conduisant son cheval de la manière la plus aisée jusque sous le balcon de la loge royale, Headzoff se tourna vers le hérault d'armes et le pria de commencer.

Celui-ci, posant sa trompette, prit une grande feuille de papier sous son chapeau et lut ce qui suit :

— Oyez! oyez! oyez! apprenez tous par la présente que nous Guiglio, roi de Paphlagonie, grand-duc de Cappadocie, prince souverain de la Coqdindie et des îles Saucisses, ayant repris notre trône et notre titre légitimes, qui avaient été traîteusement usurpés par notre oncle Valoroso, se faisant appeler roi de Paphlagonie...

— Ah! grommela Padella.

— Par le présent message nous sommons le traître et faux Padella, se disant roi de Crim-Tartarie...

— Le roi se mit à jurer d'une façon terrible.

— Continuez, hérault! dit l'intrépide Headzoff.

— Nous sommons le faux Padella de remettre en liberté notre gracieuse dame et souveraine légitime, Rosalba, reine de Crim-Tartarie, qu'il a emprisonnée lâchement, et de lui rendre son royal trône; à défaut de quoi, moi, Guiglio, je proclame ledit Padella, un trompeur, un traître, un usurpateur et un lâche. Je l'appelle à se battre avec moi à coups de poings, au pistolet, à la hache ou au sabre, à l'espingole ou à la canne, seul ou à la tête de son armée, à pied ou à cheval, et je prouverai ce que j'ai dit sur sa méchante et affreuse carcasse.

— Vive le roi! dit Headzoff, exécutant un demi-tour et trois caracolades.

— Est-ce tout? dit le roi avec le calme terrible d'une fureur concentrée.

— Sire, c'est tout le message de mon royal maître. Voici la lettre autographe de Sa Majesté, et voici son gant, et si quelque gentilhomme de Crim-Tartarie trouve quelque chose à redire aux expressions de Sa Majesté, moi Tuffskin (dur à cuire) Headzoff, capitaine des gardes, suis à ses ordres. En parlant ainsi, le brave officier agita son épée et regarda autour de lui.

— Et mon frère de Paphlagonie, le beau-père de mon cher fils, que dit-il de toutes ces bêtises? demanda le roi.

— L'oncle du roi a été obligé de rendre la couronne qu'il portait injustement, dit gravement Headzoff. Lui et son ex-ministre Gloumboso sont maintenant en prison, attendant une sentence de mon royal maître, après la bataille de Boumbardaro.

— La bataille de quoi? demanda Padella surpris.

— De Boumbardaro, où mon Seigneur, aujourd'hui Sa Majesté, aurait fait des prodiges de valeur, si toute l'armée de son oncle ne s'était mise de notre côté, à l'exception du prince Bulbo.

— Ah! mon garçon, mon fils, mon Bulbo, ne fut pas traître! s'écria Padella.

— Le prince Bulbo, loin de se rendre à nous, se sauva, Sire; mais je le rattrapai. Le prince est prisonnier dans notre armée, et les tortures les plus terribles l'attendent, si on touche à un seul cheveu de la princesse Rosalba.

— Vraiment? s'écria Padella furieux et livide de rage. Vraiment? eh bien, tant pis pour Bulbo. J'ai vingt fils, tous aussi beaux que Bulbo. Fouettez, rouez, battez, affamez, torturez Bulbo, — rompez-lui les os, — brûlez-le vivant, — arrachez-lui toutes ses jolies dents une à une! Mais, quelque cher que me soit Bulbo, — joie de mes yeux, trésor de mon âme! — ah, ah, ah, ah! la vengeance m'est encore plus chère. Holà! tortureurs, bourreaux, exécuteurs, — allumez les feux, faites rougir les tenailles! faites bouillir des quantités de plomb! — Et maintenant, amenez Rosalba!

CHAPITRE XVI

COMMENT HEADZOFF S'EN RETOURNA VERS LE ROI GUIGLIO

Le capitaine Headzoff s'en retourna donc au camp de son maître, fort affligé au sujet de Rosalba; mais qu'y pouvait-il faire! Il trouva le prince très préoccupé, en train de fumer dans la tente royale. Son agitation ne fut pas calmée par les nouvelles que lui apportait son ambassadeur.

— Le brutal, le cruel, le scélérat! s'écria-t-il. Et avez-vous vu jeter dans l'huile bouillante cette chère créature, la plus charmante qu'on ait jamais vue?

— Ma foi, mon bon seigneur, je n'ai pas eu le cœur de voir la belle dame bouillir, j'ai porté votre royal message à Padella et je vous ai rapporté le sien. Je lui ai dit que vous rendriez le prince Bulbo responsable. Il a répondu tout simplement en ordonnant aux exécuteurs de commencer.

— Oh! cruel père, qu'on m'amène Bulbo ici.

Bulbo fut amené chargé de chaînes et ayant l'air très mal à l'aise. Quoique prisonnier, il avait été passablement heureux, il jouait aux boules avec ses gardiens quand on vint le chercher.

— Oh! mon pauvre Bulbo, dit Sa Majesté en le regardant avec compassion, savez-vous la nouvelle (vous voyez que Guiglio voulait user de

ménagements) : votre brutal de père a condamné Rosalba à être... à
être mise à mort!

— Quoi! tuer Betsinda, ho! ho! ho! sanglota Bulbo, Betsinda! la
jolie Betsinda! et il continua à exprimer son chagrin d'une façon si
touchante et si naturelle que le roi en fut tout ému et dit, en lui
donnant une poignée de main, qu'il regrettait de ne pas l'avoir connu
plus tôt.

ON LUI APPRIT QUE L'EXÉCUTION AURAIT LIEU LE LENDEMAIN

Et maintenant pensez ce que durent être les sentiments du plus
généreux des monarques quand il informa son prisonnier qu'en con-
séquence de la conduite lâche et cruelle du roi Padella envers Rosalba,
son fils, le prince Bulbo, devait être exécuté à l'instant! Le noble Guiglio
ne pouvait retenir ses larmes, non plus que les grenadiers, non plus
que les officiers, non plus que Bulbo lui-même, quand on lui eut
expliqué l'affaire et qu'on lui eut fait comprendre que, Sa Majesté ayant

donné sa parole, il fallait qu'il se soumît à ce qu'on attendait de lui. Donc on ramena le pauvre Bulbo. Headzoff essaya d'adoucir son chagrin en lui démontrant, que si c'était lui qui eût gagné la bataille de Boumbardaro, il aurait pu faire pendre le prince Guiglio. Mais ce n'était pas une consolation pour le pauvre garçon!

On lui apprit que l'exécution aurait lieu le lendemain matin à huit heures, on le reconduisit à son cachot, où on eut toutes sortes d'attentions pour lui. La femme du geôlier lui envoya du thé, et la fille du portier le pria d'écrire son nom sur son album, où bien d'autres messieurs avaient écrit les leurs en semblable occasion!

— Que le diable emporte votre album! s'écria Bulbo.

L'entrepreneur des pompes funèbres vint lui prendre mesure pour le cercueil le plus beau qu'on pût faire. Le cuisinier lui apporta les mets qu'il aimait le plus; il ne voulut même pas y toucher. Tout cela ne le consolait pas. Il s'assit et se mit à écrire un adieu à Angélica, pendant que le tic-tac de l'horloge allait toujours et que les aiguilles couraient vers le lendemain matin. Le coiffeur vint dans la soirée lui offrir de le raser pour la cérémonie, Bulbo le renvoya d'un coup de pied et continua sa lettre à Angélica, et le tic-tac de l'horloge allait toujours et les aiguilles se rapprochaient toujours de plus en plus de l'instant fatal. Bulbo grimpa sur une boîte à chapeau, laquelle était posée sur une chaise, laquelle était posée sur une table de nuit. Bulbo grimpa sur la table pour voir s'il n'y avait pas moyen de s'échapper par la fenêtre; et le tic-tac de l'horloge n'arrêtait pas de se faire entendre; et les aiguilles avançaient, avançaient, avançaient!

Mais regarder par la fenêtre était une chose, et sauter par la fenêtre en était une autre; sept heures sonnèrent à l'horloge de la ville; Bulbo se coucha et il commençait à s'endormir, lorsque le geôlier vint le réveiller et lui dit :

— Si Votre Altesse Royale veut se lever, il est huit heures moins dix minutes.

Bulbo se leva donc ; il s'était couché avec ses habits (le vilain paresseux), il se secoua, car il ne tenait pas à changer de costume, ni à déjeûner. Merci ! il vit alors les soldats venir au-devant de lui.

— Conduisez-moi ! dit-il.

Ils le conduisirent donc, très émus. Ils arrivèrent ainsi, d'abord dans

MAIS REGARDER PAR LA FENÊTRE

le square, puis dans le jardin de la cour ; là ils trouvèrent le roi Guiglio qui était venu prendre congé du prince. Sa Majesté donna à celui-ci une très cordiale poignée de main et la lugubre procession allait se mettre en marche :

Quand, écoutez ! écoutez !

C'étaient des rugissements de bêtes féroces. Et qui est-ce qui arrivait ainsi, à cheval sur des lions terrifiant les enfants et même les sergents de ville? Qui?... C'était Rosalba!

Le fait est que lorsque le capitaine Headzoff était entré dans le cirque du château de Snapdragon et pendant qu'il faisait son discours au roi, les lions s'étaient précipités par la porte ouverte, avaient avalé les six gardes en une bouchée et étaient partis avec Rosalba sur le dos de l'un d'eux. Ils la portèrent chacun à leur tour jusqu'à ce qu'ils arrivèrent à la ville où était campé le Prince Guiglio.

QUI EST-CE QUI ARRIVAIT AINSI MONTÉ SUR UN LION?

Quand le roi apprit l'arrivée de la reine, vous jugez s'il se précipita hors de la salle à manger afin d'offrir la main à Sa Majesté pour descendre de son lion! Les lions étaient maintenant aussi gras que des porcs, et, après avoir dévoré Hogginarmo ainsi que les six gardiens, ils étaient si bien apprivoisés que tout le monde pouvait les caresser.

Pendant que Guiglio s'agenouillait (très gracieusement) pour recevoir la princesse, Bulbo pour sa part courait aux lions, les entourait de ses bras, les embrassait, les caressait, en riant et en pleurant de joie.

—Oh! chères bêtes, oh! que je suis content de vous voir et la chère, chère Bet.., je veux dire Rosalba!

— Quoi! c'est vous? pauvre Bulbo, dit la reine. Ah! je suis très contente de vous voir. Elle lui donna sa main à baiser, et le roi Guiglio, lui tapant amicalement sur l'épaule : Bulbo, mon garçon, lui dit-il, je suis enchanté pour vous que Sa Majesté soit arrivée.

— Moi aussi, dit Bulbo.

En ce moment arriva à son tour le capitaine Headzoff :

— Sire, il est huit heures et demie, procéderons-nous à l'exécution?

— L'exécution de qui? demanda Bulbo.

— Un officier ne connaît que ses ordres, répliqua le capitaine Headzoff en montrant l'arrêt.

Mais Sa Majesté le roi Guiglio répondit en souriant, que le prince Bulbo était grâcié, pour cette fois-ci, et qu'il était même invité à déjeûner à la table royale.

CHAPITRE XVII

Aussitôt que le roi Padella apprit ce que nous savons déjà, c'est-à-dire que sa victime, la charmante Rosalba, lui avait échappé, la fureur de Sa Majesté ne connut plus de bornes, et il fit jeter le lord chancelier, le lord chambellan et tous les officiers de la couronne qu'il vit autour de lui dans la cuve d'huile bouillante qui avait été préparée pour la princesse. Après cela, il donna ordre à toute son armée, infanterie, cavalerie, artillerie, de se préparer à marcher, et il se mit à la tête d'une armée innombrable. Je suis sûr qu'il y avait au moins vingt mille tambours, trompettes et fifres.

L'avant-garde du roi Guiglio le tenait au courant de tout ce qui se passait chez l'ennemi et il n'en était nullement effrayé. Il était bien trop poli pour alarmer la princesse, sa charmante invitée, des rumeurs des batailles prochaines. Il fit au contraire tout ce qu'il put pour la divertir, il lui donna un déjeûner, une collation et un dîner magnifiques; il organisa pour le soir un bal où il dansa avec elle tout le temps.

Bulbo, rentré de nouveau en faveur, fut complètement mis en liberté. On lui donna des habits neufs, Sa Majesté l'appela mon cousin, et tout le monde le traita très bien.

Le roi, en dansant la vingt-cinquième polka avec Rosalba, reconnut avec étonnement l'anneau qu'elle portait au doigt ; Rosalba lui expliqua qu'elle le tenait de la comtesse Grouffanoff, qui l'avait sans doute ramassé quand Angélica l'avait jeté.

— Oui, dit la fée Blackstick, qui était venue voir les jeunes gens et qui avait sans doute certains projets pour eux, j'ai donné cet anneau à la reine, mère de Guiglio, qui, sauf votre respect, n'était pas une personne très instruite ; il est enchanté, et quiconque le porte paraît beau aux yeux de tout le monde. Je fis de même cadeau au pauvre prince Bulbo d'une rose qui le rendit beau tant qu'il la porta ; mais il la donna à Angélica, qui à l'instant devint belle, tandis que Bulbo reprenait son air naturel.

— Rosalba n'a besoin d'aucun anneau, j'en suis sûr, dit Guiglio en s'inclinant, elle est assez belle à mes yeux sans le secours d'aucun objet enchanté.

— Oh! sire, dit Rosalba.

— Retirez l'anneau pour essayer, dit le roi, et il retira résolument l'anneau de son doigt. En effet, à ses yeux elle était aussi belle qu'auparavant.

Le roi pensait à jeter l'anneau, qui pouvait ne plus lui servir, mais ayant jeté les yeux sur le prince de Crim-Tartarie.

— Bulbo, lui dit-il, venez essayer cet anneau ; la princesse Rosalba vous en fait présent.

Le prince n'eut pas plutôt la bague à son doigt que, ô miracle! il parut à tout le monde très joli garçon. Il avait un joli teint, des cheveux blonds, il était bien un peu gros et ses jambes faisaient bien un peu le cerceau ; mais elles étaient couvertes d'une si belle paire de bottes de marocain jaune que personne ne s'apercevait qu'elles ne fussent pas très droites. Aussitôt que Bulbo se fut regardé dans un miroir, son esprit s'éleva à la hauteur de son physique ; il causa avec Leurs Majestés d'une façon vive et charmante ; il fit vis-à-vis à la reine dans un quadrille, dansant avec une des plus jolies demoiselles d'honneur.

La fée Blackstick, voyant que tout marchait à merveille, dit au roi et à la reine : Je vous bénis, mes chers enfants ! maintenant que vous êtes réunis et heureux, vous reconnaissez que j'avais raison tout d'abord quand je disais qu'un peu de malheur vous ferait du bien à tous les deux. Vous, Guiglio, si vous aviez été élevé dans la prospérité, vous sauriez à peine lire et écrire, et n'auriez pas été un bon roi comme vous le serez maintenant. Vous, Rosalba, la flatterie vous aurait tourné la tête, comme elle a tourné celle d'Angélica.

En ce moment, un messager entra précipitamment en disant :

— Sire, voilà l'ennemi !

— Aux armes ! s'écria Guiglio.

— Oh ! malheur ! dit Rosalba, et elle s'évanouit. Naturellement Guiglio lui donna un baiser et se précipita vers le champ de bataille !

La fée avait donné à Guiglio une armure complète, non seulement couverte de pierres précieuses qui étincelaient tellement que cela vous aveuglait de les regarder, mais qui avait encore la qualité de ne se laisser traverser ni par l'eau, ni par la poudre, ni par les coups de sabre, de sorte qu'au milieu des batailles les plus terribles, Sa Majesté était aussi calme qu'un grenadier à la bataille de l'Alma. Si j'avais à me battre pour mon pays, j'aimerais à avoir une armure comme celle de Guiglio ; mais, vous savez, c'était un prince de conte de fée, et ces princes-là ont toujours des choses particulières à leur service.

En plus de son armure merveilleuse, le prince avait aussi un cheval enchanté qui pouvait aller aussi vite que le vent, et une épée enchantée qui s'allongeait à volonté et pouvait traverser un régiment entier d'ennemis d'un seul coup. Avec de semblables armes à sa disposition, je m'étonne pour ma part qu'il ait appelé son armée aux armes. Il le fit cependant et tous les soldats avaient des uniformes neufs ; Headzoff et tous les amis de collège de Guiglio commandaient chacun une division, et Sa Majesté s'avançait en personne à leur tête.

— Ah ! si j'avais une autre plume que la mienne, quelle description je vous ferais de cette terrible bataille! Il y aurait des coups magnifiques, des blessures terribles, les flèches obscurcissant l'air, les boulets de canon écrasant les bataillons, la cavalerie chargeant l'infanterie, l'infanterie se jetant sur la cavalerie, on entendrait les trompettes, les tambours, les fifres, les chevaux henniraient, les soldats crieraient, jureraient, se bousculeraient, les officiers s'égosilleraient à crier :

— En avant, mes enfants!

— Par ici, mes enfants!

— Par là, mes garçons!

— Sus à l'ennemi!

— Hourrah! pour le roi Guiglio et la cause de la justice!

— Le roi Padella pour toujours! crieraient les autres.

Oui, je décrirais tout cela et dans le langage le plus choisi encore.

Mais cette humble plume ne possède pas le talent nécessaire à la description des batailles. Je vous dirai donc tout simplement que la défaite de l'armée du roi Padella fut complète; si complète que quand même c'eût été des Allemands, vous n'auriez pas pu souhaiter de les voir plus complètement écrasés et mis en déroute.

Quant à ce monarque usurpateur, après avoir fait preuve de beaucoup plus de courage qu'on n'en pouvait attendre d'un usurpateur défendant une si mauvais cause, et qui en outre était si cruel pour les femmes; quant au roi Padella, dis-je, quand son armée prit la fuite, il prit la fuite aussi.

Il jeta son général en chef, le prince Punchi-Marck, à bas de son cheval, car il avait eu vingt-cinq chevaux tués sous lui, monta en selle à sa place et partit au galop.

Headzoff arriva, et, trouvant Punchi-Marck à terre, vous pensez bien qu'il lui fit son affaire. Pendant ce temps, le roi s'enfuyait aussi vite qu'il pouvait. Mais, quelque vite qu'il allât, je vous promets que quelqu'un allait encore plus vite et ce quelqu'un, comme vous devez le deviner, était le royal Guiglio qui criait tout le temps :

— Arrêtez, traître ! Retournez-vous, coquin, et défendez-vous ! Attends, tyran, lâche, misérable, je vais couper ta vilaine tête sur tes épaules usurpatrices ! Et avec son épée enchantée qui s'allongeait toujours, Sa Majesté piquait et repiquait le dos de Padella, si bien que ce monarque rugissait de douleur.

ARRÊTEZ, TRAITRE ! RETOURNEZ-VOUS, COQUIN !

A bout de ressources, Padella se retourna et, faisant un dernier effort, donna au prince Guiglio un prodigieux coup de sa hache de bataille, arme terrible, qui avait abattu je ne sais combien de régiments dans la journée. Mais, ô surprise ! quoique le coup tombât droit sur le casque de Sa Majesté, il ne fit pas plus de mal que si Padella l'avait frappé avec un morceau de beurre : la hache se recroquevilla dans les mains de Padella et Guiglio ne put s'empêcher de rire des vains efforts de son adversaire.

Le monarque de Crim-Tartarie était, on le pense bien, fort irrité de l'insuccès de ses efforts.

— Si vous montez un cheval enchanté et si vous portez une armure enchantée, dit-il à Guiglio, pourquoi diable continuerais-je à me battre contre vous? Je ferai aussi bien de me rendre tout de suite. Je suppose que Votre Majesté n'aura pas la lâcheté de frapper un malheureux qui ne peut pas se défendre?

La justesse de la remarque de Padella frappa le magnanime Guiglio.

— Vous rendez-vous prisonnier, Padella? dit-il.

— Il le faut bien.

— Reconnaissez-vous Rosalba pour votre reine légitime et rendez-vous la couronne et tous les trésors à celle à qui ils appartiennent de droit?

— S'il le faut, il le faut, dit Padella, qui naturellement était de mauvaise humeur.

En ce moment, les aides de camp de Guiglio le rejoignirent, Sa Majesté leur ordonna de lier le prisonnier. Ils lui attachèrent les mains derrière le dos et les pieds sous son cheval, il fut retourné du côté de la queue et de cette façon il fut reconduit au camp du roi Guiglio et jeté dans le donjon où avait été enfermé le pauvre Bulbo.

Padella (qui, maintenant qu'il était dans le malheur, ne ressemblait plus au fier Padella porteur de la couronne de Crim-Tartarie) demanda très affectueusement à voir son fils, — son cher fils aîné, — son bien-aimé Bulbo; et cet excellent jeune homme se rendit au désir de son père et ne lui reprocha pas une seule fois sa méchante conduite de la veille.

Vous vous rappellerez que ce père dénaturé avait voulu laisser fusiller Bulbo sans pitié. Au contraire, Bulbo vint voir son père et lui parla à travers la grille de la prison (il ne lui était pas permis d'entrer).

Il lui apporta même des sandwichs qui venaient du grand souper que Guiglio donnait en l'honneur de la brillante victoire qu'il venait de remporter.

— Je ne puis rester avec vous plus longtemps, Sire, dit Bulbo, qui était dans son plus beau costume de soirée.

—J'ai invité la reine pour le prochain quadrille, et j'entends les violons qui commencent à la minute.

Donc Bulbo tendit la main à son père à travers la grille et remonta à la salle de bal, pendant que le misérable Padella mangeait son souper solitaire dans le silence et les larmes.

Tout était joie maintenant dans l'entourage de Guiglio. Danses, festins, amusements, illuminations et réjouissances de toutes sortes se suivaient sans interruption. Dans les villages qu'ils traversaient, il était ordonné d'illuminer les maisons le soir et de semer la route de fleurs. On avait ordonné au peuple, et je vous assure qu'il ne demandait pas mieux, de bien recevoir les troupes et de leur donner tout ce dont elles avaient besoin en fait de vivres et de boisson; d'ailleurs l'armée s'était enrichie de tout le butin qu'elle avait pris aux soldats de Padella; on permit à ceux-ci de fraterniser avec leurs vainqueurs, après leur avoir donné tout ce qu'ils possédaient; et les deux armées réunies prirent le chemin de la capitale du royaume de Guiglio. La bannière royale de Guiglio et celle de la reine Rosalba étaient portées en avant des troupes. Headzoff fut nommé duc et maréchal; Smith et Jones furent faits comtes; l'ordre de la Citrouille de Crim-Tartarie et les décorations du Concombre de Paphlagonie furent distribués en grand nombre à l'armée par Leurs Majestés. La reine Rosalba portait en sautoir sur son costume d'amazone le grand-cordon du Concombre Paphlagonien, tandis que Guiglio ne paraissait jamais sans le grand-cordon de la Citrouille Crim-Tartarienne, et il fallait voir comme le peuple les acclamait! On déclara que c'était le plus beau couple qu'on eût jamais vu; dans tous les cas, naturellement il en eût été ainsi, mais ils l'étaient en réalité et en eût-il été autrement, ils en auraient eu l'air, tant ils étaient heureux!

Il avait été convenu que Guiglio et Rosalba se marieraient aussitôt leur arrivée dans la capitale, et des ordres furent envoyés à cet effet à l'archevêque de Bloumbodinga, pour qu'il eût à se préparer à célébrer cette imposante cérémonie. Ce fut le duc Headzoff qui porta le message,

ILS S'ADMINISTRAIENT LE FOUET L'UN A L'AUTRE

et qui donna les ordres nécessaires pour faire repeindre et meubler splendidement le palais du roi.

Le duc Headzoff fut encore chargé d'une autre mission consistant à arrêter l'ex-premier ministre, Gloumboso, pour lui faire rendre la somme d'argent considérable que ce misérable avait prise dans le trésor du roi. Il mit aussi en prison Valoroso XXVI, qui, j'ai oublié de le dire, était détrôné depuis quelque temps déjà. Quand cet ex-monarque fit à son ex-sergent de faibles remontrances, celui-ci lui répondit : « Un soldat, Sire, ne connaît que ses ordres, et les miens sont de vous enfermer avec l'ex-roi Padella que j'ai conduit prisonnier ici. » Ces deux ex-royaux personnages furent donc envoyés pour un an à la maison de correction et après cela furent obligés de se faire moines de l'ordre le plus sévère des Flagellants. De cette manière, par les pénitences et par le fouet qu'ils s'administraient l'un à l'autre très humblement mais très résolument, ils expièrent leurs fautes passées, leurs usurpations et tous leurs crimes publics et privés.

Quant à Gloumboso, ce coquin fut envoyé au bagne et n'eut plus jamais l'occasion de voler.

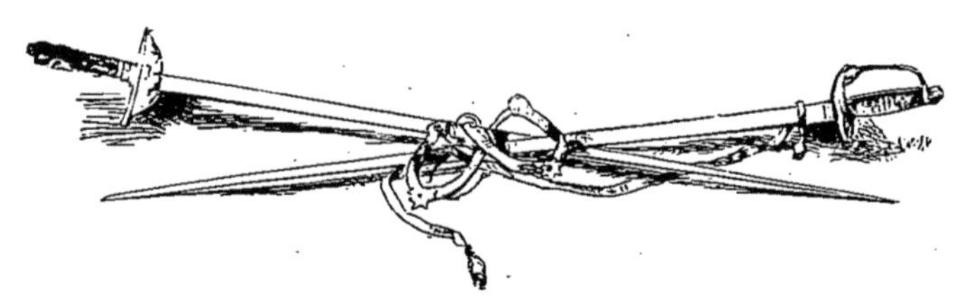

CHAPITRE XVIII

COMMENT TOUTE LA SOCIÉTÉ REVINT DANS LA CAPITALE

Il arrivait fréquemment, pendant le retour triomphal de Guiglio vers sa capitale, que la fée Blackstick, qui certes avait puissamment aidé ce jeune roi et cette reine à conquérir leurs couronnes, venait leur faire de petites visites. Elle changeait alors sa baguette en cheval et chevauchait à côté d'eux. J'imagine que le roi Guiglio trouvait la fée et ses conseils fort ennuyeux, et qu'il était assez disposé à croire que c'était sa propre valeur et ses mérites qui lui avaient permis de vaincre Padella. J'ai le regret d'être forcé de dire qu'il prenait un peu trop ses grands airs avec sa meilleure amie. Elle l'exhortait à être juste avec ses sujets, à ne pas abuser des impôts, à ne jamais manquer à sa promesse une fois qu'il l'avait donnée et à être en tous points un bon roi. « Un bon roi, ma chère fée! s'écria Rosalba, certainement qu'il sera un bon roi. Quant à ne pas tenir sa promesse, comment pouvez-vous croire que mon Guiglio ferait une chose si malhonnête, si indigne de lui? Non, jamais! »

« Pourquoi la fée Blackstick est-elle toujours à me donner des conseils, à me dire comment je dois gouverner, et à me prévenir de ne pas manquer à mes engagements? Suppose-t-elle que je ne sois pas un homme de bon sens et d'honneur? » demandait Guiglio avec humeur. « Il me semble qu'elle abuse un peu de sa position. »

— « Chut! cher Guiglio, » dit Rosalba, « vous savez combien Black-stick a été bonne pour nous; nous ne devons pas l'offenser. »

Mais la fée n'entendait pas les réflexions de Guiglio; elle était un peu en arrière et trottait à côté de Bulbo, qui montait un âne; il s'était fait aimer de toute l'armée, grâce à sa gaieté, à sa bonne humeur et à sa bonté pour tout le monde. Il lui tardait de voir sa chère Angélica. Il pensait qu'il n'y avait jamais eu de personne plus charmante qu'elle. Blackstick se garda bien de lui dire que c'était la rose magique que possédait Angélica qui la rendait si charmante à ses yeux. Elle lui apporta les meilleures nouvelles de sa petite femme, que le malheur et les humiliations avaient véritablement beaucoup améliorée; vous comprenez, la fée pouvait faire plus de cent milles en une minute, elle portait les messages de Bulbo à Angélica et d'Angélica à Bulbo en un clin d'œil et rassurait ce dernier sur le sort de sa femme.

Quand la royale compagnie arriva à la dernière étape avant Bloumbo-dinga, elle trouva la princesse Angélica qui était venue au-devant de la cour dans sa voiture, en compagnie de sa dame d'honneur. La princesse Angélica se précipita dans les bras de son mari, s'arrêtant à peine pour saluer le roi et la reine. Elle n'avait d'yeux que pour Bulbo, qui lui paraissait parfaitement beau à cause de l'anneau enchanté qu'il portait; tandis qu'elle, portant la rose enchantée, paraissait merveilleusement belle aux yeux de Bulbo ravi.

Un déjeûner splendide fut servi à la compagnie royale à son arrivée dans la capitale, déjeûner auquel prirent part l'archevêque, le chancelier, le duc Headzoff, la comtesse Grouffanoff, ainsi que tous nos amis. La fée Blackstick était assise à la gauche du roi Guiglio, et Bulbo et Angélica venaient ensuite. On entendait les cloches sonner à grande volée et les canons que les bourgeois faisaient partir en l'honneur de Leurs Majestés.

Quelle idée bizarre cette affreuse vieille comtesse Grouffanoff a-t-elle eue de s'habiller ainsi? lui avez-vous demandé d'être votre demoiselle d'honneur, ma chère? dit Guiglio à Rosalba.

Grouffy était assise en face de Leurs Majestés, entre l'archevêque et le lord chancelier. Certainement c'était une véritable caricature, car elle portait une robe de soie blanche, décolletée; une couronne de roses blanches et un magnifique voile de dentelle étaient posés sur sa perruque; son vieux cou jaune était entouré d'un collier de diamants. Elle regardait le roi d'une telle façon qu'il éclata de rire.

— Onze heures! s'écria Guiglio, quand l'heure sonna à la grande horloge de la cathédrale. Messieurs et mesdames, nous allons nous rendre à la cathédrale, nous devons y être avant midi.

— Nous devons être à l'église avant midi! soupira Grouffanoff d'une voix languissante en cachant sa vieille figure jaune derrière son éventail.

— Et alors je serai l'homme le plus heureux de mon royaume, s'écria Guiglio.

— Oh! s'écria Grouffanoff, est-il possible que ce moment soit enfin arrivé!

Certainement, il est arrivé, dit le roi.

— Et que je sois sur le point d'être votre heureuse femme, continua la comtesse. Prêtez-moi un flacon de sels, quelqu'un de vous. Je vais m'évanouir de joie.

— Vous, ma femme? s'écria Guiglio.

— Je voudrais bien savoir qui va se marier, si ce n'est moi? s'écria madame Grouffanoff, je voudrais savoir si le roi Guiglio est un gentilhomme, et s'il y a une justice en Paphlagonie! Lord chancelier, Monseigneur l'archevêque! Vos Seigneuries vont-elles permettre qu'on se moque d'une pauvre créature, tendre et confiante? Le prince Guiglio n'a-t-il pas promis d'épouser sa Barbara? Est-ce que ceci n'est pas la signature de Guiglio? Ce papier ne déclare-t-il pas qu'il est à moi, rien qu'à moi? et elle tendit à l'archevêque le papier que Guiglio avait signé certain soir qu'elle portait l'anneau enchanté et que Guiglio avait bu trop de champagne. L'archevêque prit ses lunettes et lut :

« Ceci est pour déclarer que moi Guiglio, fils unique de Savio, roi de Paphlagonie, promets ici d'épouser la charmante et vertueuse Barbara Griselda, comtesse Grouffanoff, veuve de feu Jenkins Grouffanoff. »

— Hein! dit l'archevêque, le document est certainement un... document.

— Bah! dit le lord chancelier! la signature n'est pas de l'écriture de Sa Majesté. Et vraiment, pendant ses études à Bosforo, Guiglio avait fait beaucoup de progrès en calligraphie, de sorte que son écriture actuelle ne ressemblait pas à l'ancienne.

— Est-ce votre écriture, Guiglio? s'écria la fée Blackstick, en le regardant d'un air terriblement sévère.

— Ou-ou-ou-oui, bégaya le pauvre Guiglio. J'avais complètement oublié ce damné papier. Combien voulez-vous, vieille folle, pour me laisser tranquille?

— Justice! justice! monseigneur le chancelier! s'écria la comtesse, et cela si fort que ses cris perçants firent taire tout le monde.

— Ne voulez-vous pas prendre la somme que Gloumboso avait cachée? demanda Guiglio, deux cent dix-huit mille millions ou à peu près, c'est une jolie somme.

— Je l'aurai et vous avec! répondit madame Grouffanoff.

— Mettons les joyaux de la couronne par dessus le marché, soupira Guiglio.

— Je les porterai aux côtés de mon Guiglio! répliqua la vieille.

— Est-ce que la moitié, les trois quarts, les cinq sixièmes, les dix-neuf vingtièmes de mon royaume suffiraient, comtesse, demanda le monarque tremblant, pour racheter ma liberté?

— Et que me ferait l'Europe sans vous, mon Guiglio? s'écria la comtesse en baisant la main de Guiglio.

— Je ne le ferai pas, je ne le peux pas, je ne le veux pas, cria Guiglio en essayant de dégager sa main, à laquelle Grouffanoff se cramponnait.

— J'ai de quoi vivre, je renoncerai à la couronne, mon adoré, et, avec toi et une chaumière, ta Barbara sera heureuse.

Guiglio était à moité fou de rage!

— Je ne l'épouserai pas! dit-il. Ah! fée, fée, donnez-moi un conseil!

Et en parlant il se tourna du côté de la figure sévère de la fée Blackstick.

— Pourquoi la fée Blackstick a-t-elle toujours à me donner des conseils et à me prévenir de ne pas rompre mes engagements? Suppose-t-elle que je ne sois pas un homme de bon sens et d'honneur? dit la fée, en répétant les propres paroles de Guiglio. Il baissa la tête sous son regard et sentit qu'il n'avait rien à répondre.

— Eh bien! dit Guiglio, puisque la fée ne m'a conduit au sommet du bonheur que pour me précipiter dans le plus profond désespoir, puisque je dois perdre Rosalba, je conserverai au moins mon honneur. Levez-vous, comtesse et qu'on nous marie; je garderai ma parole; mais je veux mourir après.

— Oh! cher Guiglio, s'écria Grouffanoff en se levant, je savais bien que je pouvais avoir confiance en toi; je savais bien que mon prince était un homme d'honneur. Allons à l'église tout de suite; et quant à mourir, mon cher Guiglio, non, non, tu vivras pour être consolé par ta Barbara! Et, s'accrochant au bras de Guiglio, se penchant et grimaçant à sa barbe, la vieille folle partit en souliers de satin blanc et monta dans la voiture qui avait été préparée pour Rosalba et pour Guiglio. Les canons tonnèrent de nouveau, les cloches sonnèrent de nouveau, les cloches sonnèrent à grande volée, le peuple sema des fleurs sur le passage de la voiture occupée par les royaux fiancés, et Grouffanoff se penchait à la portière dorée, saluant et grimaçant.

CHAPITRE XIX

Les nombreux hauts et bas de sa vie avaient donné à la princesse Rosalba une grande force de caractère, et cette jeune fille revint bientôt de son évanouissement, grâce à une essence précieuse que la fée Blackstick portait toujours dans sa poche. Au lieu de s'arracher les cheveux, de pleurer, de se désoler et de s'évanouir de nouveau, comme beaucoup d'autres l'auraient fait à sa place, Rosalba se souvint qu'elle devait à ses sujets un exemple de fermeté de caractère, et, quoiqu'elle aimât Guiglio plus que sa vie, elle était résolue, ainsi qu'elle le dit à la fée, à ne pas se mettre entre lui et la justice et à ne pas l'empêcher de tenir sa parole.

— Je ne puis pas l'épouser, mais j'irai assister à son mariage avec la comtesse, j'y signerai et je souhaiterai de tout mon cœur qu'ils soient heureux. Je verrai, si je ne puis pas faire à la nouvelle reine quelque riche présent. Les diamants de la couronne de Crim-Tartarie sont très beaux et ne me serviront jamais. Je veux vivre et mourir sans me marier, comme la reine Élisabeth d'Angleterre ; quand je mourrai, je laisserai ma couronne à Guiglio. Allons assister au mariage, et après je retournerai dans mon royaume.

La fée embrassa Rosalba avec tendresse et changea immédiatement sa baguette en une très confortable calèche à quatre chevaux avec un bon cocher et deux respectables valets de pied derrière. La fée et Rosalba montèrent dans la calèche en compagnie d'Angélica et de son mari. Quant à l'honnête Bulbo, il sanglottait d'une manière tout à fait pathétique, tant il était ému des malheurs de Rosalba. Toü-

LA CALÈCHE, ÉTANT ENCHANTÉE, EUT BIENTOT REJOINT LE CORTÈGE

chée de la sympathie de cet honnête garçon, elle lui promit de lui rendre les biens qu'on avait confisqués au roi Padella, son père. Elle le créa à la minute prince, altesse et premier grand de l'empire de Crim-Tartarie. La calèche, étant enchantée, eut bientôt rejoint le cortège.

Avant la cérémonie à l'église, il était d'usage en Paphlagonie, ainsi que dans beaucoup d'autres pays, que le fiancé et la fiancée signassent le contrat de mariage qui devait être contresigné par le chancelier, le ministre, le maire et les principaux officiers de l'État. Mais comme on était en train de repeindre et de remeubler le palais, il n'était pas prêt pour la réception du roi et de sa fiancée, qui proposa de se rendre au palais qu'occupait Valoroso avant d'avoir usurpé la couronne et où était née Angélica.

Toute la société se rendit donc à ce palais : les grands dignitaires sortirent de leurs voitures et se rangèrent sur la place; la pauvre Rosalba descendit de calèche soutenue par Bulbo et s'appuya, à moitié évanouie, contre les grilles d'entrée, de manière à voir une dernière fois son cher Guiglio. Quant à Blackstick, elle s'était, selon son habitude, envolée par la fenêtre et se trouvait maintenant à la porte des appartements.

Guiglio monta les marches avec son horrible fiancée au bras. Il était aussi pâle que s'il marchait à la mort. Il fronça les sourcils à la fée Blackstick. Il était fâché contre elle et croyait qu'elle venait insulter à son malheur.

— Retirez-vous du chemin, dit la comtesse à Blackstick d'un ton hautain, je voudrais bien savoir ce que vous avez toujours à vous mêler de ce qui ne vous regarde pas.

—Êtes-vous déterminée à faire le malheur de ce pauvre jeune homme? lui demanda Blackstick.

— A l'épouser, oui! Est-ce que ça vous regarde?

— Vous ne voulez pas accepter l'argent qu'il vous a offert?

—Non.

—Vous ne voulez pas lui rendre sa parole, quoique vous sachiez très bien que vous avez triché quand vous lui avez fait signer ce papier.

— Impertinente! Sergents de ville, emmenez cette femme! cria madame Grouffanoff.

Les sergents de ville se précipitèrent en avant pour lui obéir; mais la fée, soulevant sa baguette, les cloua à leurs places comme autant de statues.

— Vous ne voulez rien prendre en échange de cet engagement, reprit la fée d'une voix terriblement sévère. Je parle pour la dernière fois.

— Non! s'écria la Grouffanoff frappant du pied. Je veux mon mari, mon mari, mon mari!

— Vous l'aurez, votre mari! cria la fée Blackstick, et, avançant d'un pas, elle passa sa main sur le nez du marteau de la porte.

Aussitôt qu'elle l'eût touché, le nez de cuivre sembla s'allonger, la bouche s'ouvrit encore davantage et poussa un rugissement qui fit tressaillir tout le monde. Les yeux roulèrent sauvagement dans leurs orbites, les bras et les jambes s'étirèrent, se tournèrent et s'allongèrent; le marteau se détendit et s'allongea, jusqu'à ce qu'il se trouva être un homme de six pieds de haut, portant une livrée jaune; les vis qui l'avaient fixé à la porte se dévissèrent, et une fois de plus, Jenkins Grouffanoff se trouva devant la porte à laquelle il avait été cloué pendant de si longues années.

— Il n'y a personne à la maison, dit Jenkins, toujours de la même voix. Et madame Jenkins, poussant un terrible : Youp! tomba dans une attaque de nerfs à laquelle personne ne fit attention.

Tout le monde cria : « Hourrah! Hourrah! Bravo! Bravo! Vive le roi et la reine! A-t-on jamais vu chose pareille? Non, jamais, jamais, jamais! Vive la fée Blackstick!

Les cloches sonnaient à double volée, les canons grondaient et tonnaient. Bulbo embrassait tout le monde; le lord chancelier jetait sa perruque en l'air et criait comme un fou; Headzoff avait pris l'archevêque par la taille et tous deux dansaient une gigue de joie; et quant à Guiglio, je vous laisse à penser quel était son bonheur et s'il embrassait Rosalba, une, deux, vingt, mille fois, je crois, ma foi, qu'il n'avait pas tort.

Donc, Jenkins Grouffanoff ouvrit la porte avec un grand salut comme il avait l'habitude de le faire autrefois, et tout le monde entra pour signer le contrat, et ensuite on partit pour l'église où Guiglio et Rosalba furent mariés. Après la cérémonie, la fée Blackstick s'envola sur sa baguette, et on n'entendit plus jamais parler d'elle en Paphlagonie.

FIN

TABLE DES MATIÈRES

FIN DE LA TABLE DES MATIÈRES

PARIS. — IMPRIMERIE ÉMILE MARTINET, RUE MIGNON, 2.